suhrkamp taschenbuch 3029

Die fiktive Lebensgeschichte des Renaissancemalers Piero della Francesca, die Liebesgeschichte eines Dozenten für deutsche Sprache der Universität von Perugia und das Verschwinden des kunstbegeisterten Schriftstellers Lem Steffen im umbrischen Italien unserer Tage – wie verbinden sich Vergangenes und Gegenwärtiges?
Ombra – als Spiel mit Schatten empfindet der Ich-Erzähler dieses Romans die Suche auf den Spuren des vermißten Freundes Lem, die ihn in das umbrische Dorf führt, in dem der »professore« seit Jahren lebte. Auf »Grauen Bogen« und »Weißen Blättern« finden sich die tagebuchartigen Aufzeichnungen der Malerbiographie des geheimnisvollen Piero, der »Bilder malt wie Kriminalromane«, und die merkwürdige Liebesgeschichte des skurrilen Dozenten Osch. Ein Puzzle, eine Art Rätseltext, der wie in einer Detektivgeschichte auf den Spürsinn des Lesers vertraut.
Urs Faes, geboren 1947, lebt in Olten. Zuletzt erschienen von ihm die Romane *Alphabeth des Abschieds* (1991) und *Augenblicke im Paradies* (1994).

Urs Faes

Ombra

Roman

Suhrkamp

Der Autor dankt der Stiftung Pro Helvetia,
welche diese Arbeit durch einen Werkauftrag gefördert hat.
Umschlagfoto: Thomas Cojaniz/F.A.Z.-Magazin

suhrkamp taschenbuch 3029
Erste Auflage 1999

Satz: Libro, Kriftel
Druck: Nomos Verlagsgesellschaft, Baden-Baden
Printed in Germany
Umschlag nach Entwürfen von
Willy Fleckhaus und Rolf Staudt

1 2 3 4 5 6 – 04 03 02 01 00 99

Ombra

Für K.

Così la mente mia, tutta sospesa,
mirava fissa, immobile e attenta,
e sempre di mirar faciesi accesa.

So schaute ich, ganz in die Sicht versunken,
Erstarrt und aufmerksam und unbeweglich,
Und mehr und mehr ward ich vom Schauen trunken.

Dante, Die göttliche Komödie,
Das Paradies, 33. Gesang

Graue Bogen 1

Arezzo, ein Anfang

Der zum Schreien geöffnete Mund bleibt stumm, die aufgerissenen Augen starren ins Leere, während die erhobenen Arme, weit ausgebreitet, jenen Himmel anrufen, der das Unfaßliche zuläßt. Einer stirbt. Der nackte Greis liegt zu ihren Füßen, eine stumm verendende Gestalt, die ein letztes Mal nach Luft zu schnappen scheint, während die Glieder sich schon verkrampfen, erkalten, die Haut grau wird, aufspringend wie bröckelnder Lack, der blättert ins Schweigen des Toten, das kein Wort mehr aufhebt, nur als Entsetzen die Gesichter der noch Lebenden prägt, die Wunde zwischen Lebenden und Toten. Heillos.

Die Gesichter der versammelten Männer und Frauen neigen sich in die Richtung des Toten, reglos gebannt, schon abgewendet, aufgerichtet im Triumph der Überlebenden, im Pathos der Sieger, deren Stunde noch nicht gekommen ist.

Der Sohn neigt sich zum toten Vater, schiebt ihm das Samenkorn vom Baum des Lebens über die dürren Lippen, über die noch zuckende Zunge, in den aufschäumenden Speichel. Das Samenkorn gleitet in die Kehle des Toten, bricht auf, durchstößt das herabfallende Leichentuch, wächst sich aus zum Baum, dessen laublose Zweige auf das Todesholz hindeuten, das aus diesem Baum einst gezimmert wird, so will es die Prophetie.

Am Rand des Bildes, gelassen, unbewegt, eine junge Frau in leichtem Gewand, die Brust entblößt, dem Jüngling wie zufällig an den Arm geschmiegt, nackte Haut auf nackter Haut, das Gesicht sehr weiß und sehr still, gleichgültig, die Augen groß und leer, aber die Lippen formen sich sanft nach außen, sind leicht geschürzt, zum Kuß bereit, dem Leben geöffnet, herausfordernd in der Begierde, die sich um den Krepierten nicht kümmert.

Pietro de Borgo, wie der junge Piero Benedetto della Francesca, den seine Freunde Franceschi nannten, seine frühen Bilder signierte, dürfte kaum dreißig gewesen sein, als er den Großauftrag bekam, den Freskenzyklus in der Kirche von San Francesco in Arezzo auszuführen.

Es ist dieses Bild des sterbenden Adams, das erste aus dem Zyklus der Kreuzeslegende, das einen immer wieder in diese dunkle Kirche treibt. Das Thema des Zyklus ist der Legenda aurea des Jacobus von Voragine und dem apokryphen Evangelium des Nikodemus entnommen: die geheimnisvolle Suche nach den Ursprüngen des Holzes vom Baum der Erkenntnis, die Suche nach einer verlorenen Schrift.
Zwölf Tafeln hat der Maler ausgeführt, um dem Rätsel nachzuspüren.
Das Verfahren, nach dem Künstler die Objekte analysieren, schrieb der Maler, ist zugleich ein Verfahren des Erkennens der Teile, die sie zum Ganzen vereinigen. Es ist wie eine Sprache, die gefunden und gelesen sein will, ein unablässiger Versuch.

Es sind die Augen der gemalten Gestalten, die gefangen nehmen, einen auch dann nicht loslassen, wenn man längst wieder draußen auf der Straße, im grellen Licht, sich bewegt. Es sind Augen, deren Blicke nie die des Betrachters und nie die der andern dargestellten Gestalten erreichen, sondern eine Ferne suchen, die beunruhigt, einen Ort hinter den Dingen, wo eine verlorene Spur vielleicht zu entdecken wäre; mit dem Ausdruck der Augen sagt der Maler alles, was er über seine Gestalten sagen will; als wären die Augen Fenster der Seele, und jeder wüsste, was ihre Unstetigkeit, ihre Strenge bedeuten. In ein Frühlicht sind die Menschen getaucht, die den Sterbenden umgeben, ruhig, beinahe teilnahmslos, ohne dramatische Gesten und ausladende Bewegungen, während das Licht die stille Fläche der Farben durchdringt und das Geschehnis in den zeitlosen Ritus des Sterbens verwandelt. Die eine, die schmerzerregt die Arme erhebt, den Mund weit aufgerissen hat, genügt, um das Leid darzutun, das unsichtbare Samenkorn, das aufblühen will.

Dieser Franceschi ist ein Maler, der außer seinen Bildern kaum Spuren hinterlassen hat. Man kann über ihn keinen Roman schreiben, heißt es in einem Essay über ihn; derart dicht ist er hinter seinen Bildern und Fresken verborgen, daß es unmöglich scheint, sein persönliches Leben zu erraten, seine Lieben und Freundschaften, seine Ärgernisse und Leiden. Keine überlieferten Anekdoten und Skandale, nur ein Werk, eigenwillig und voller Anspielungen, ein Werk, von dem sein Leben verschlungen wurde.

Ein Leben in der Provinz: im kleinen Borgo San Sepolcro ist er geboren, hier ist er gestorben. Dazwischen ein Leben, das in Farben und Formen sich vollzog. Ungesichert die Spuren; nicht einmal die Knochenreste unter der Grabplatte lassen sich mit Sicherheit ihm zuordnen, erklärt der Buchhändler am Ort, die radiologische Untersuchung hat nichts ergeben, leider.
Das Museum widmet ihm einen Saal. Das Erstlingswerk eines jungen Malers, eine Altartafel mit einer kindlich verklärten Madonna im grellroten Alltagskleid, Heiligenfiguren von bäurischem Gepräge, breitschultrig, derb; unter den Knienden zu Füßen der Madonna ein junger Mann mit struppigem Haar und übermächtigem Kehlkopf, das Selbstbildnis des Malers als junger Mann.
Am Ende des Saales, ein spätes, vielleicht das letzte Bild, eine Auferstehung, wieder der Mann mit dem struppigen Haar und dem großen Kehlkopf, die Augen geschlossen, als wären sie müde geworden, ein alternder Mann als schlafender oder scheintoter Grabwächter, ein Gesicht, das von Himmel und Hölle zu erzählen scheint, vom Leben und vom Tod, eingetaucht in eine Stille, in der nur die Landschaft zu atmen scheint.

Draußen vor den Toren der Stadt steigen die verkarsteten Felder zu den umbrischen Hügeln empor, die in mattem Dunst Städte bergen. Dahin

zieht es den jungen Franceschi, südwärts durchs Tibertal, nach Cortona will er, da hat Fra Angelico gemalt, nach Gubbio, wo Meister Ottaviano Nelli seine Werkstatt hat, nach Perugia, wo Domenico, der Venezianer, malt, nach Assisi, wo Giotto das Leben des heiligen Franz erzählt hat, hinein will er, in dieses Land der Heiligen und der Sünder, der Gaukler und der Büßer, der Madonnen und Sibyllen.
Gewählt hat er sein Handwerk nicht.
Mit fünfzehn ist dieser Sohn des Ser Benedetto und der Romana di Renzo aus Monterchi zum Maler bestimmt worden; zwei Brüder arbeiten im väterlichen Geschäft, das mit Stoffen, Pelzen und Färberwaid Handel treibt, für einen dritten ist da kein Platz.
Was Antonello, dieser heimisch brave Meister, der ganz ordentlich, wie es die Zeit verlangt, seine Engel und Heiligen in die Kirchen und Kapellen malt, ihm beibringen kann, hat er bald begriffen. Er weiß den Gips zu mischen und die Farben, doch das reicht ihm nicht.
Der junge Franceschi will mehr.
Er braucht einen Meister, der mit den Schriften der Alten die neuen Zeichen liest, von denen alle reden, die aus den Städten kommen und im Hause des Vaters nächtigen. Bei einem Meister wird er lernen das auszudrücken, was er selber fühlt und ahnt. So tritt er durchs Stadttor, ein junger Mann mit struppigem Haar und hüpfendem Kehlkopf, Folco, der Freund aus der Klosterschule, begleitet ihn ein paar Schritte. Auf einer Anhöhe vor der Stadt blei-

ben sie stehen; in der Talmulde gleitet der Fluß dahin, milchiggrün zwischen den grauen Äckern und den hohen Pappelbäumen.

Keiner spricht ein Wort, jeder weiß, daß sich ihre Wege trennen, für eine kleine Weile wenigstens. Folco schließt sich den Franziskanern an, wird ein kleiner Mönch, wie der Maler lachend sagt, will hinter Klostermauern in mathematischen Formeln die Welt vermessen, die Schriften der Alten neu lesen. Sie lieben beide je ihre Formeln, welche die Geheimnisse der Welt enthalten. Der Maler zieht hinaus, um Bilder zu finden, Farben und Formen, das Licht und die Schatten, eine Sprache, in der die Welt zu erzählen wäre.

Zwei Freunde, zwei Wege, und das, was sie suchten, wäre so verschieden nicht, zu sich will jeder, und keiner weiß, was er ist, und jeder ahnt doch, was er sein möchte.

1 Eine Reise

Im Fremden untergetaucht?
Ich lachte und legte die gelesenen Blätter aus der Hand.
Verschwunden ja, spurlos.
Die Sätze einer kurzen Mitteilung, ein Telegramm, das in meinen Alltag gefallen ist und mich ratlos macht. Wie soll man vom Verschwinden eines Freundes berichten? Gespräche und Erinnerungen stellen sich ein und helfen nicht weiter.
Ich fahre nach Süden, um Lem, den verschwundenen Freund, den Kunstliebhaber, Schreiber und Schwerenöter zu suchen. Bin ich je unterwegs gewesen, ohne einen Text von ihm bei mir zu haben?
Euro-Night heißt der Zug, der seine Takte in die Nacht schlägt, eine direkte Verbindung Basel – Mailand – Rom, ein Zug mit On-bord-service, in der ersten Klasse mit Willkommenstrunk, Snack und Tageszeitung, auf Wunsch auch Blumen im Abteil, ein Zahnhygiene-Set und Taschentücher.
Meine Texte sind Reisetexte, sagte Lem, als sei das eine Erklärung für sein häufiges Unterwegssein.
Er hat mir oft seine Begeisterung fürs Zugfahren begreiflich zu machen versucht, hat erzählt, wie rasch sich, sei man einmal im Zug, die Alltagsmuster auflösten, zerfaserten (ein Lieblingswort von ihm), und dahinter andere Bilder emporwüchsen, sich geradezu herbeidrängten, als habe das Gedächtnis bloß auf die Bewegung, den Rhythmus

schlagender Räder gewartet, um sich jenen Bildern zu öffnen, die der Tag ihm verschließt.
Er reiste in Zügen quer durch Europa, er kannte die Bahnhöfe von Gallípoli bis Lübeck, von Calais bis Brody. Einmal wolle er nur über Bahnhöfe schreiben, sagte er, nichts als Bahnhöfe und eine Nacht. Und schon erzählte er, malte die Szenen so ausgelassen und begeistert aus, daß man hätte annehmen können, das Projekt stünde kurz vor der Vollendung. Aber im Laufe der Jahre hatte ich gelernt, daß die wenigsten Projekte, die er vorstellte, auch zur Ausführung kamen, oft schienen sie ihn nur so lange zu interessieren, bis er eine Form gefunden hatte, die ihn überzeugte.

Vier Wochen sind seit unserer letzten Begegnung vergangen, verstrichen, würde er wohl sagen, verdämmert vielleicht gar. Seine Manuskripte enthalten immer Wortfelder, Auswahlsendungen gewissermaßen, die er lange stehen ließ, sie manchmal noch erweiterte, weil ihm keines der Wörter treffend genug erschien. Wir hatten uns, wie schon oft, in Mailand getroffen, ein heißer Sommertag.
Er zog mich in eine Bar, als müßte er ohne Aufschub zu reden anfangen, wieder diese Unruhe in der Stimme, oder soll ich sagen Hast, wie schon am Telephon, ich möge doch herkommen, möglichst bald; auf Fragen war er nicht eingegangen, hatte seiner Stimme den Tonfall der Beiläufigkeit zu geben versucht und verriet doch gerade dadurch, daß er etwas verbergen wollte. So kam es mir jedenfalls vor.

Ich hatte nicht weiter gefragt und war gefahren.
Die Bar, nur ein paar Schritte vom Dom, war schmal und stickig und, wie alle italienischen Bars, lärmig und voller Zigarettenqualm, der mich husten, mit den Händen fuchteln und nach einer ruhigen Ecke Ausschau halten ließ, wo man das eigene Wort wenigstens annähernd verstehen würde. Nichts schien mir so ungeeignet für Gespräche wie eine Bar.
Er liebte das; schon am frühen Morgen, und mehrmals am Tag, suchte er eine Bar auf; und befand er sich einmal im Norden, so konnte ihm kein noch so ruhiges Café und kein Gasthaus die Bar an der Ecke ersetzen. Ich hielt das für einen Tick, aber ich wußte, schwer nachvollziehbare Eigenarten gehörten zu Lem, wie er im Internat allgemein genannt worden war, eine seinem Geschlechtsnamen entnommene Silbenfolge, die er später beibehielt: sein Pseudonym Lem Steffen.
Vielleicht ist er mir dieser Eigenarten wegen, die mir als Verrücktheiten oder Verschrobenheiten vorkamen, damals, als wir uns zum ersten Mal sahen, überhaupt aufgefallen. Ein kühler Frühlingstag, als wir zukünftigen Internatsschüler, vom Personal begleitet, mit einer Mischung aus Angst und Neugier, auf das Kloster zuschritten, in dem wir eine pädagogische Ausbildung erhalten sollten, um hinterher in einer Landgemeinde als Volksschullehrer tätig zu sein. Das entsprach zwar keineswegs meinen Berufswünschen, aber meine Eltern hatten diesen Bildungsgang für mich bestimmt, da er kostengünstig war und sie zudem

eine geregelte Ausbildung mit klarem Berufsziel in einem für seine strengen Grundsätze bekannten Internat für mich als vorteilhaft ansahen. Die andern, die mit mir an diesem Frühlingstag mit gesenkten Köpfen und eingefallenen Schultern über den schmalen Pfad vom Bahnhof zum Kloster, mit deutlich zur Schau gestelltem Mißmut, mehr schlurfend als gehend sich vorwärts bewegten, mochten ähnliche Gründe zu Internatsschülern bestimmt haben. Und einige Eltern hatten es sich auch nicht nehmen lassen, ihre Söhne auf dem Weg ins Internat zu begleiten, um Zimmer und Betten und insbesondere den Zustand der Matratzen, der schließlich für den seligen Schlaf ihrer Sprößlinge verantwortlich sein würde, zu testen.
Lem fiel nicht nur durch seine Knickerbockerhose und eine in die Stirn gezogene Baskenmütze auf, sondern auch dadurch, daß er noch geknickter ging als die andern und den linken Fuß so auffällig nachzog, daß jedermann eine Behinderung vermutete. Verdun, sagte er auf die mit mitleidvoller Miene vorgetragene Frage des Internatsvorstehers, ein Ausdruck, der ebenso zum geflügelten Wort wurde, wie die Ermahnung des verdutzten Internatsleiters »Mit Kriegen spottet man nicht«.
»Lem-Verdun« und »Mit Kriegen spottet man nicht«, diese Mottos hatten uns Klosterschüler durch all die Jahre begleitet. Ich weiß nicht, warum mir ausgerechnet in dieser lärmigen Mailänder Bar diese frühe Szene wieder einfiel, Lem selbst kam selten auf unsere gemeinsame Internatszeit zurück.
Was hatte Lem fortgetrieben?

Ich habe mich oft über seine Rastlosigkeit aufgehalten, dieses ständige Reisen. Du kommst nie zur Ruhe, sagte ich ihm, du machst dich selber bodenlos.
Zur Ruhe kommen, gab er dann, mit leisem Spott, zurück, soll das ein Ziel sein?
Ich fühlte mich ertappt in meinem Hang zur Seßhaftigkeit, der mich kurz nach dem Studium in diese Kleinstadt geführt hatte. Ich habe zwar meine Lehrtätigkeit vorzeitig aufgegeben und kann als Vorsteher der städtischen Leihbibliothek meinen Neigungen stärker nachleben, mich Büchern ganz für mich widmen, ohne die aufreibend undankbare Aufgabe, gelangweilte Schüler dafür begeistern zu müssen. Ich lese viel, schreibe kleine Aufsätze für Fachzeitschriften, in denen ich mich mit der Geschichte jener helvetischen Vergangenheit beschäftige, die stärker von Anpassung an den großen Führer als von Widerstand, von Kollaboration mit den Tätern mehr als von der Solidarität mit den Opfern geprägt war. Lem hat mich darin bestärkt, vielleicht weil er, wie andere auch, selber vor Jahren versucht hatte, jenes Vergangene, das auch in unserem Land nicht tot, nicht einmal vergangen ist, darzustellen, die Geschichte, die ihre Geschichten machte, ohne Rücksicht auf den einzelnen, Sommertage im Krieg, Mitläufer, die zu Tätern wurden. Man will das nicht hören, hatte Lem gesagt, es wird nicht nach der Wahrheit gefragt, sondern man fürchtet die Bedrohung der guten Stube, in der man sich so gemütlich eingerichtet hat. Zynisch vermerkte er, daß ausgerechnet sein

Land die fünfzig Jahre nach Kriegsausbruch zum Anlaß einer Feier machte, Veteranen zu Suppe und patriotischen Reden einlud, statt sich endlich den unliebsamen Wahrheiten der Vergangenheit zu stellen. Mach weiter, sagte er zu mir, auch wenn deine Arbeit nur ein wenig dazu beiträgt, daß das Lügen schwerer fällt. Lem wandte sich andern Themen zu, die auf ihre Weise um das Vergangene kreisten.

Die Begegnungen mit Lem bilden in meinem eher monotonen Alltag in einer Kleinstadtbibliothek, die vorwiegend von Frauen besucht wird, jene Abwechslungen und Herausforderungen, so aufreibend und irritierend sie oft waren, welche diesen Tageslauf wohltuend durchbrachen. So empfand ich meine Gespräche mit Lem als unverzichtbaren Teil meines Lebens, eine Auseinandersetzung, die mir wichtig war aus menschlichen Gründen ebenso wie aus meinem Interesse an Büchern.

Hätte ich mit Lem tauschen wollen?

An diesem Nachmittag redete er unentwegt in den Lärm hinein, er schnitt unzählige Themen an, ich fragte mich andauernd, warum er mich hergerufen hatte, in diese fiebrige Mailänder Hundstagehitze, die den Atem hemmte. Er schien das nicht wahrzunehmen, sprach von seinen Renaissancestudien, vom jungen Franceschi, den er als Künstler des zwanzigsten Jahrhunderts verstand. Seine Farben wirken wie die Vokale in einem Sonett von Rimbaud, sagte er begeistert.

Seine Bilder sind voller Anspielungen und bewahren doch Unmittelbarkeit, sie nehmen die Wirklich-

keit ernst und spielen doch in raffinierter Komposition mit ihr: das immer neu beginnende Zusammensetzen alter Teile, ein verfremdetes Spielen, ein oft kaum merkliches Umgruppieren, Komposition als zielgerichtete Neuordnung einer Menge bekannter Einzelheiten zu einer Gesamtheit, das einzige, was Kunst vermag, nicht erst heute.
Und er zitierte die Ausführungen von Joyce zur Renaissance, die in uns überhaupt erst die Ehrfurcht hervorgebracht habe für den Menschen als Wesen, das lebt und hofft und stirbt und sich Illusionen macht.
Und wenn selbst die Illusionen nicht mehr gelingen, was dann?
Ich hörte ihm zu, eher mißmutig und ungehalten, ich ärgerte mich über diese Bar, die Gäste, die Hitze, den Rauch, aber auch über die Sprunghaftigkeit seiner Gedanken.
Gewiß registrierte ich, daß er wieder mal seinen »Block« hatte, also mit einem Thema nicht weiterkam, sich verhedderte, an sich zweifelte und einmal mehr die ganze Schreiberei aufgeben wollte. Solche »Block-Phasen« stellten sich bei ihm so regelmäßig ein wie Regierungskrisen in Rom. Er schrieb einige Wochen verzweifelte Briefe, bis eines Tages wieder Blätter bei mir eintrafen, die intensive Arbeit verrieten.
Wir waren auch an diesem Tag, wie meist nach solchen Gesprächen, ziemlich betrunken. Als er mich zum Bahnhof begleitete, wußte ich noch immer nicht, warum ich so dringend nach Mailand hatte kommen müssen. Man darf auch mal müde sein,

sagte ich, als er wieder von seinem Block sprach, sogar angebliche Gedächtnisstörungen erwähnte und nur Auswegslosigkeit zu sehen glaubte. Ich wollte das nicht mehr hören, immer diese Künstler mit ihren Problemen, ihrem Gejammer, den Schreibhemmungen und Kreativitätskrisen; zuviel war darüber geschrieben worden.
Er bemerkte meinen Unmut und lachte verlegen, beschwichtigend, wie mir schien. Aber das Lachen wirkte noch künstlicher, noch erzwungener als sonst; ein spontanes, herzlich offenes Lachen gelang ihm ohnehin selten, sein Spott wirkte meist sarkastisch, sein Gesicht blieb dabei unbewegt und maskenhaft.
Du kriegst ohnehin bald Rente, sagte ich mit ebenso erzwungenem Lachen und klopfte ihm etwas hilflos auf die Schulter.
Er zuckte zusammen, blickte an mir vorbei. Es gelang uns nicht mehr, in ein Gespräch zurückzufinden, und wir verloren uns in Beiläufigkeiten, alle Sätze, die ich zu seiner Aufmunterung anzubringen versuchte, prallten an ihm ab. Er versank in jenen Zustand der Unerreichbarkeit, die den Umgang mit ihm oft schwierig machte.
Schließlich begleitete er mich zum Zug, was eher ungewöhnlich war, da er Abschiede auf Bahnhöfen verabscheute. Er hatte sie mehrmals bis zur Unerträglichkeit geschildert. An diesem Nachmittag fiel mir das Ungewöhnliche seiner Handlungsweise nicht auf, ich war in Gedanken wohl schon auf dem Heimweg, gedachte all der Dinge, die ich bei meiner Rückkehr zu erledigen hätte.

Er blieb vor dem Fenster meines Abteils stehen, redete über italienische Politik und den spannenden Verlauf der Fußballmeisterschaft, ließ sich über einen Skandal um Schiedsrichterbestechung in der umbrischen Regionalliga aus. Ich sah auf ihn hinunter, stellte manchmal eine Frage, schrieb das Zittern seiner Hände dem Luftzug zu, der durch die Halle wehte. Wir reichten uns die Hand, als der Zug sich in Bewegung setzte, er starrte mich unentwegt an mit seinen großen offenen Augen.
Warum habe ich ihm keine Frage mehr gestellt?
Nach diesem Telegramm, das sein Verschwinden meldet, müßte ich mir Vorwürfe machen, daß ich all den Anzeichen keine Beachtung geschenkt hatte.
Seine Texte und Sätze, welche Sprache sprechen sie wirklich? Sie beginnen mich gefangenzunehmen, vielleicht finden sich darin Spuren.
Was kann man wissen von einem Menschen?
Das fragte er manchmal und meinte auch sich selbst. Ich habe mich nie beschrieben, zitierte er eines seiner Vorbilder, ich habe mich nur verraten. Unsere Tarnungen sind verräterisch, weil öffentlich. Weil wir über uns schreiben, ohne wirklich über uns zu schreiben.
Was hat ihn bewegt in den letzten Monaten?
Mutmaßungen, ungesicherte Bilder. Was erhoffe ich mir davon? Habe ich seine Stelle schon eingenommen?
Bin ich zu seinem Verwalter geworden, einer seiner Scherze?
Er hat manchmal von seinem Testament gespro-

chen, sehr spöttisch, hat Listen mit Namen jener erwähnt, die bedacht werden sollten. Den Kritikern hat er Heines Verse vermacht: »Ich vermach euch die Koliken,/ Die den Bauch wie Zangen zwicken,/ Harnbeschwerden, die perfiden/ Preussischen Hämorrhoiden«.

Ich höre sein Lachen über den Heineversen und glaube hinter seinem Lachen auch jene stumme Verzweiflung wahrzunehmen, in die er manchmal, mitten im Gespräch, gefallen ist. Niemand konnte so beharrlich schweigen wie er. Sein Schweigen ist wie eine Strafe, sagte mir einmal Eve, eine seiner Freundinnen. Und sie war nicht die erste, die das sagte. Mit einemmal war er nicht mehr zu erreichen, reagierte auf keinen Zuspruch, keine Aufmunterung. Er schloß alle, auch seine engsten Freunde, aus seinen Gesprächen und Gedanken aus, gab sich als trotziges Kind, das sich nicht mehr anrühren ließ. Immer wieder tauchten in seinen Büchern diese schweigenden Gestalten auf, Männer, still geworden, versteint, als wären sie mit Lenz durchs Gebirg gegangen.

Schauen und Malen

Hügelzüge, sanft geschwungen, karg und sandig, von spärlichem Gras überwachsen, Ginsterbüsche, Ölbäume, darüber ein Himmel mit flockigen Wolken, leicht gestuft, nachlässig; unten im Tal der Fluß, der sich zögernd durch die Ebene schiebt und zu Füßen des jungen Mannes, der da steht, seinen Lauf abbricht, so ganz selbstverständlich. Neben dem Mann eine Gruppe von Frauen, in farbigen Gewändern, mit Gesten, als bewegten sie sich zu einer fernen Musik, unmerklich beinahe.
Zwischen dem Mann und den Frauen die kleine Stadt, welche die Ferne in die Nähe rückt.
Es ist seine Landschaft, in die dieser schattige Hain gestellt ist, die frühe Skizze einer Taufe. Die möchte er malen, eines Tages. Er hat die Taufe seines Meisters studiert, bei den Franziskanern in Santa Croce, hat den Franziskus nachgezeichnet. Und er hat dem Meister verhehlt, was ihm nicht gefiel; ein junger Geselle kritisiert seinen Meister nicht, aber er versucht ihn zu übertreffen, heimlich. Die Skizze verschweigt er, wie andere auch. Nicht jedes Bild soll der Meister sehen –

Im Schreiben die Jahrhunderte überwinden, sich fallenlassen durch das Sieb der Zeit, eintreten in einen längst vergangenen Tag, der in den Worten heranrückt –

– dieser junge Maler, der aufgebrochen ist, Piero dei Franceschi aus dem Borgo im Tibertal. Er ist der Pest begegnet auf seinem Weg, hat Verstümmelte gesehen, von Schwarzen Blattern und Englischem Schweiß Geplagte, hat Geißler beobachtet, aufs Rad Geflochtene und Gepfählte.
Die Geburt einer neuen Zeit beginnt immer mit Krankheiten und Seuchen, hat der Kardinal gesagt, alte Sünden werden abgebüßt für ein neues Heil.
In Perugia, der Stadt auf dem Hügel, hat er endlich seinen Meister gefunden, Domenico heißt er, einer, der trotzig brummend die Fragen des jungen Malers beantwortet hat. Der Francheschi musterte aufmerksam die Kriegshelden und Philosophen, die der Meister im Haus dieser Reichen malte. Er zeigte sich fasziniert vom aufrechten Gang dieser Gestalten, die so ganz Menschen sind, wie die Statuen der Alten.
Er fragte unentwegt, aber er legte auch Hand an, zeigte sich gelehrig und verriet Talent bei seinen Versuchen.
Ein solcher Geselle war dem Meister willkommen. Gemeinsam wanderten sie durch das umbrische Land, hinunter an den Trasimenischen See, wo das Licht dunstig weich über die Hügel kommt. So muß das Licht strömen und fluten in den Bildern, sagte der Meister, nur in der genau beobachteten Natur finden wir den Raum, in dem unsere Menschen leben, burggekrönte Hügel, Felder und Täler, da weckt das Licht die Farben und Formen, in denen das Leben erscheint.
In der Stadt wird er Beispiele finden.

Nun ist er da, ein paar Wochen schon, in der Werkstatt des Meisters Domenico in Florenz, hier soll er, längst nicht mehr Lehrling, aber auch noch nicht Meister, sein Handwerk weiterlernen, und das heißt, lehrt ihn der Meister, mit der Hand ausführen können, was der Verstand erfaßt hat.
Die jetzt anstehende Arbeit wird ihm zu solchem Handwerk Gelegenheit geben, die linke Wand am Hauptaltar von Sant'Egidio soll die Begegnung an der goldenen Pforte zeigen, erste Entwürfe auf Karton sind bereits gefertigt, der Geselle kann später selber Skizzen entwerfen.
Doch zuerst, sagt der Meister, an dessen Brummigkeit er sich rasch gewöhnt hat, soll er lernen mit den Augen die Welt auszumessen, wahrzunehmen, zu schauen; nur wer viel gesehen hat, wird fähig, mit den Augen zu malen.
An diesem Tage, ein regnerischer Nachmittag des Jahres 1439, sind sie alle auf den Straßen, um den Einzug des Kaisers von Byzanz zu bewundern, der zum Konzil kommt, das die Kirche des Westens mit der des Ostens vereinigen soll, um dem türkischen Feind, der beide bedroht, zu wehren, zu retten das alte Rom in Ost und West.
Schon seit Tagen sind die Griechen, so nennt man die Byzantiner, in der Stadt, erregen Aufsehen, werden bewundert in ihren Gewändern aus Damast, Seide und Brokat.
Sie sind die Nachkommen Konstantins, sagte der Kardinal und lud zu einem Gespräch in seine Antikensammlung ein, als wären die Gäste lebende Exponate, Natur und Kunst soll das Thema sein.

Piero läßt den Meister allein auf dem Gerüst, tritt vor das Portal der Kirche, sieht den Kaiser im weißen Gewand, mit dem Mantel aus rotem Tuch, auf dem Kopf ein weißes nach vorn zugespitztes Hütchen, das mit Edelsteinen geschmückt ist; taubeneiergroß, so berichtet er dem Meister, den auch ein Kaiser nicht vom Gerüst herunterlockt, und bei diesem Regen schon gar nicht, zudem kennt er diese Herren, die launisch sind und knausrig oft, feilschen um jeden Florin.
Piero nimmt die Kreide, hält die Szenen fest in seinem Bilderbuch der Stadt, das wächst mit jedem Tag.
Recht so, brummt der Meister, aber nun die Arbeit, die Eimer, den Gips mit Öl vermischt, das stärkt die Farben und erhält sie. Und wenn sie am Abend vom Gerüst steigen, die Glieder strecken, die verschmierten Hände reinigen, kehrt der Meister in sein Haus zurück, der Geselle in seine enge Klause nah am Fluß, feucht ist sie und immer kühl. Lang hält es ihn da nicht, hinaus will er in die Stadt, zu den Gesichtern in den dunklen Spelunken, zu den Frauen, die ihr Fleisch anbieten, um den Preis feilschen, das Kleid über die Knie ziehen, um dem Geiz der Freier mit Begierde nachzuhelfen. Er begehrt sie nicht, nie hat er Frauen begehrt, hat nur zugeschaut, wenn sich seine Brüder an die Mägde heranmachten, hat ihre Gesichter gelesen, die Art, wie sie die Lippen schürzten, ihre kleinen Aufschreie, wenn einer der Brüder sie in den Hintern kniff.
Er schaute zu, teilnahmslos, distanziert, ein kühler

Betrachter. Ein solcher ist er auch hier. Vergeblich verweist ihn der Meister auf die Weiber. Nur wer Huren kennt, schafft Engel, brummt der und nickt, als wäre das eine Weisheit. Zu kühl und abgewandt sind ihm die Weiber des Gesellen, leblos, sagt er, Puppen.

Unsere Zeit, lehrt der Meister, will das Studium des Menschen, atmende Leidenschaft, das Zucken des Fleisches, die Nacktheit, das pralle Leben.

Die Bücher allein, die der Geselle so eifrig studiert, die reichen nicht aus, nur die lebende Anatomie gewährt Anschauung. Zu tugendhaft ist dieser junge Maler dem Meister Domenico, noch tugendhafter als die Pfaffen, er verweist ihn auf Fra Filippo, der zu den Huren geht und Engel malt. Der hat seine Lukretia aus dem Kloster entführt und ihr ein Kind gemacht, ein liebestoller Mann und ein großer Maler. Schau dir nur seine Verkündigung in San Lorenzo an.

Der junge Maler läßt sich nicht beirren: er weiß, was er will. An diesem Abend läßt er die Weiberskizzen, malt noch einmal den Kaiser mit dem weißen Hütchen –

den kann er später brauchen, der paßt in die Legende, wie der Kardinal sie wünscht, der gehört dazu, wenn der König und die Königin sich begegnen, Mann und Frau –

Schreiben bis in den Abend hinein, später lesen. Als ich die letzte Seite des Buches umgewendet hatte, stellte ich mit Schrecken fest, daß es mir nicht gelang, so sehr ich mich anstrengte, mich an den Anfang zu erinnern und die wesentlichen Linien des Handlungsablaufs zusammenzubringen. Die Erinnerung kehrte nicht zurück. Ich saß für Augenblicke fassungslos da. Nichts als gähnende Löcher, die mir wie Abgründe erschienen.

Auf dem Weg zur Bar beschleunigte ich unverzüglich meine Schritte, sah weder nach rechts noch nach links, aus Furcht, jemanden grüßen zu müssen und ihn nicht beim Namen nennen zu können. Erst an der Theke atmete ich auf, bestellte einen Kaffee und fühlte Erleichterung. Ich nickte den Männern zu, die mit der üblichen Lautstärke redeten und lachten.

Nach einem weitern Espresso ging ich hinunter zum See, setzte mich an die Ufermauer und starrte ins graue Wasser. Romano reinigte seine Netze und Reusen, der Wasserstrahl aus dem Schlauch hüpfte als Schattenschlange über das steinige Bord; das dumpf schabende Geräusch von an der Kaimauer aufgehängten und durch die Wellen in Schwingung versetzten Autoreifen schmerzte in den Ohren. Die Handlung des Buches fiel mir nicht ein.

Ich war Romano dankbar, daß er unablässig weiterspritzte und ein Netz nach dem andern über den Draht hängte: sein Tun besänftigte meine Unruhe und Ungeduld, half, das eigene Vergessen zu vergessen.

Graue Bogen 3

Schatten und ihre Sprache

Sich wieder den Worten überlassen, keine Absichten verfolgen, Alltäglichkeiten aufnehmen, das Licht überm See, die ausgedörrte Landschaft, bleich und schläfrig im Herbst; auf den Wegen, sehr fein und sehr rot, der Staub, den manchmal ein Wind aufwirbelt und über den Olivenhain treibt.
Im Beschreiben der Alltäglichkeiten die Hemmung verlieren, die Angst vor den Sätzen.
Trotzige Auflehnung auch gegen die Krankheit, die eingebildete oder die mögliche.

Hier in der Stadt ist der junge Franceschi vollends ein Süchtiger geworden.
Wenn er in der wenigen Zeit, die der Meister ihm läßt, nicht auf dem Markt oder in den Straßen umherstreift, sitzt oder steht er vor Bildern, Fresken oder Altartafeln, stundenlang, eingetaucht ins Spiel der Farben, in Lichtführung und Tiefenwirkung.
Unablässig hält er in seinen Skizzenheften ungewöhnliche Bildelemente fest, um darstellen zu können, was er gesehen hat. Er zieht kühne Perspektiven nach, entdeckt eine weich fließende Linienführung, die geometrische Klarheit einer Raumaufteilung, merkt sich Motivstränge. Randvoll mußt du werden, rät der Meister, so randvoll, bis, Schicht um Schicht, ein Gedächtnis sich her-

angebildet hat, das langsam Bild um Bild freigibt, verwandelt, geläutert, wie es nur die Erinnerung vermag; und Handwerk wäre jenes Tun, das prägt, mit Farbe, Form und Licht, unverwechselbar, das Eigene, das wir suchen.
Der junge Geselle hat längst gemerkt, wie aufmerksam jeder Maler die Arbeiten des andern verfolgt und übernimmt, was ihn überzeugt. Gut geklaut ist besser als schlecht erfunden, sagt selbst der Meister.
Immer wieder wandert der Geselle hinauf nach Fiesole, um in San Domenico DIE KRÖNUNG DER JUNGFRAU MARIA noch einmal zu betrachten, sich von den leuchtenden Farben einnehmen, ja blenden zu lassen. Manchmal ist es auch ein unscheinbares Bild, das ihn gefangennimmt. Das Portrait, das der Meister vom knochigen Franziskanermönch Jacopone aus dem umbrischen Todì gemalt hat, liebt er über alles. Ein Gesicht, welches das ganze Leben des unglücklichen Jacopone spiegelt; die tiefen Falten zwischen Wangen und Lippen, zwischen Augen und Augenhöhlen erzählen auch dem, der nichts weiß, die Trauer und Verzweiflung des Mönchs.
Er schaut, lobt dem Meister Fra Angelicos Weiträumigkeit, die Monumentalität der Figurenkombination. Auch wenn dem Meister das Schwärmen des jungen Gesellen oft zu weit geht und ihn mißmutig werden läßt, hört er ihm zu.
Soll er schwärmen, denkt der Meister, Hauptsache, er lernt. Der wird seinen Weg schon machen, er weiß, was er will.

Das erste Bild des jungen Gesellen will dem Meister nicht gefallen, er brummt noch mehr als üblich, läßt seine Fingerkuppe über dem Haupt der MADONNA schweben, verweist auf die fehlende Tiefe; zuviel Geometrie, zu wenig Leben.
Seine Stimme verrät Unwillen, und doch sieht er sich für einmal gezwungen mehr zu sagen als üblich.
Auch wir Maler als Baumeister unserer eigenen Wirklichkeit folgen Gesetzen, die in der Natur vorgegeben sind, und wir finden sie nicht durch mathematische Spekulation, sondern durch Anschauung, notitia intuitiva, so nennen wir das.
Kopieren, was wir sehen?
Die Frage des Gesellen klingt verängstigt.
Er muß die beobachtete Realität nicht fürchten, beschwichtigt der Meister, im Bild vereinigt sich Erfahrung mit Erfindung zu einer Wahrheit, die jede Wirklichkeit hinter sich läßt.
Er schnippt mit den Fingern, und als er die staunend fragende Miene des Gesellen sieht, kommt er ihm gleich lehrbuchmäßig. Unsere Vorläufer spielten mit der Farbe, wir spielen mit dem Licht, doziert er, die Unterschiede zwischen den Farben ergeben sich aus den Unterschieden der Beleuchtung, auch die Schatten haben ihre Sprache; wer sie ignoriert, malt Dinge ohne Bedeutung und Gewicht.
Mit dem Licht soll er sich befassen, rät er dem Gesellen, da gibt es Regeln, der kleine Dicke, der Alberti, hat sie in seinem neuen Buch über die Malerei festgehalten. Das soll er studieren, der Kardi-

nal hat es gebracht. Der Meister verschweigt, daß in dem Buch seine eigenen Bilder als beispielhaft für die heutige Kunst gepriesen werden.
Und auch ein wenig Lukrez schadet nichts, der kahle Poggio aus dem Valdarno hat ihn neu übersetzt. Geh er zum Bisticci und leih er sich den Lukrez.
Zum Bisticci?
Verspasiano heißt er, ein junger Mann wie er, hat sein Latein und das Kopieren bei Ser Mariano gelernt, ein Günstling des Kardinals, und jetzt arbeitet er drüben im Buchladen beim Bargello, der beste Buchladen der Stadt und ein Treffpunkt obendrein. Der hat jedes Buch: und wenn eines fehlt, so stellt er es her, eine Frage von ein paar Wochen. Nicht billig. Aber den Kauf überlassen wir den Herren.
Der Geselle staunt.
Der Meister lächelt.
Er zeigt ihm die Skizzen für die Altartarfel von Santa Lucia in Magnoli, eine Arbeit, die er demnächst auszuführen gedenkt, das Spiel von Architektur und Figuren will er hier neu gestalten; immer neu müssen unsere Wege sein, ein schöpferischer Geist wiederholt sich nie.
Er schweigt und hebt dann, als müsse noch ein Strich angefügt werden, noch einmal zu reden an. Auch wenn die Komposition die Menge der Einzelheiten zu einer Gesamtheit ordnet, muß der einzelne Mensch sein Gewicht haben, muß als Gestalt ausgeformt werden gegen die Zwänge einer Gemeinschaft oder einer Lehre, auch die der Kir-

che, die ihn einzuordnen und zu ersticken droht. Hier sind wir zuständig, für die Darstellung des Menschen, seine Gestalt; sie soll gesetzt werden gegen all das, was ihn bedroht und gefährdet; unsere Vorläufer predigten nur christliche Demut, wir verkünden auch die Würde des Menschen.
Trocken und lehrerhaft wirkt der Meister, ein Prediger von Mittelmaß, ohne Feuer, aber dennoch seiner Worte sicher.
Wir stehen nie auf der Seite einer Lehre, sondern lassen, mit Farbe und Licht und all dem, was unser Handwerk vermag, den einzelnen Fleisch werden, stellen ihn dar, mit seinen Empfindungen, Widersprüchen und Peinlichkeiten, einem falschen Lächeln, einer unverhohlen zur Schau gestellten Begierde. Wir wollen wissen, was er ist, dieser Mensch, der lacht und weint und liebt und hurt und eines Tages elendiglich stirbt, an der Pest, an den Schwarzen Blattern; oder er stolpert über die eigenen Füße und bricht sich das Genick oder krepiert an einem faulen Fisch.
Eines Tages stirbt er, dieser Adam, und er weiß es, das ist seine Vertreibung aus dem Paradies, der Massaccio hat es gemalt und ist danach gestorben, als junger Mann, keiner weiß, wieviel Zeit ihm bleibt –

2 Nachtzug

Gleichmäßig gleitet der Zug durch die Nacht, die Kinderstimmen im Nachbarabteil sind verstummt, mir ist, ich fahre an Lems Stelle. Manchmal war er zu kurzen Besuchen gekommen, ein paar Tage; in den vergangenen Monaten oft ohne besonderes Anliegen, als müßte er sich bloß vergewissern, daß ich noch da wäre. Er bezog das Gästezimmer, nahm an unseren Mahlzeiten teil, scherzte mit meinen Töchtern und brach meist so unvermittelt wieder auf, wie er eingetroffen war. Anläßlich eines solchen Besuches hatte er über zunehmende Vergeßlichkeit geklagt, sehr spöttisch, als sei das wieder eine Geschichte, die das Leben mit ihm spielte.

Alles, was ihm begegnete, schien er fortwährend in Geschichten zu verwandeln. Geradezu manisch griff er kleine Alltagsbegebenheiten auf und prüfte sie auf ihre Tauglichkeit für eine Geschichte, als sei merkwürdig nur, was als Stoff sich eignete. So trug er auch ständig Notizbücher mit sich herum, hielt Gedankensplitter fest, die er später zu verwenden gedachte. Ich wurde den Verdacht nicht los, er wüßte oft selber nicht mehr, was er erlebt und was er erfunden hatte.

Manchmal tauchte er auch in der Bibliothek auf, wo wir bis tief in die Nacht hinein diskutierten und oft auch stritten.

Wir fielen schon damals im Internat durch unsere Verschiedenartigkeit auf und waren häufig gegen-

sätzlicher Meinung, ereiferten uns über Kleinigkeiten, Lem mit emotionaler Leidenschaftlichkeit, ich mit einem Hang zu rationaler Kaltschnäuzigkeit und phlegmatischer Gelassenheit, Eigenschaften, die Lem oft bis zur Ausfälligkeit reizten. Wir waren ein streitbares Paar, und das hat sich all die Jahre nicht geändert. Vielleicht hielt uns die Tatsache zusammen, daß jeder die Beweggründe des andern kannte oder ahnte und sie deshalb verstand und achtete. Keiner stellte das, was der andere war, in Frage, auch dann nicht, wenn ihn sein Handeln irritierte. Mir schien das eine Art stiller Übereinkunft, die keiner je hätte aussprechen müssen.
Jeder ging seine Wege, und Lem betonte, besonders in jungen Jahren, mit der ihm eigenen Eitelkeit, daß seine Wege nicht die gewöhnlichen seien. Dahinter verbarg sich auch das Eingeständnis, daß er auf den üblichen Wegen, auch wenn er sie versuchte, oft scheiterte, in der Liebe, im Beruf.
Ich werde nie Schule geben, sagte er schon kurz vor Abschluß unserer Ausbildung. Aber was er tun wollte, darüber schwieg er sich aus, auf meine Frage nach seinem Schreiben, nach seinen weiteren Zielen ging er nicht ein. Er träumte, wie viele damals, von Aufbruch und Umbruch.
Ich wußte wenig von seiner Herkunft und seiner Familie. Lem war ebenso wie ich in einer ländlichen Umgebung aufgewachsen, sein Vater, aus bäuerlichen Verhältnissen stammend, versuchte sich in verschiedenen Tätigkeiten, während meiner zeitlebens in der gleichen Fabrik als Prokurist tätig war. Kleinbürgerliche Enge hatte uns beide ge-

prägt, ihn, der aus einem calvinistischen Hause stammte, wohl stärker als mich, den in liberaler Offenheit erzogenen Katholiken. Ich hatte seine Eltern ein einziges Mal bei einem Schulanlaß gesehen, ein zerknittertes Paar, habe ich unwillkürlich gedacht und war betroffen über die Hilflosigkeit, die von ihnen ausging. Kein erfreuliches Kapitel, sagte er einmal und machte klar, daß er darüber nicht reden wollte. Ich fragte nicht weiter und erschloß dies und jenes aus seinen Büchern, auch wenn er oft, zu oft vielleicht, betonte, sie seien nicht autobiographisch zu lesen.

Lem und ich waren damals knapp zwanzig, taumelten vom Cool Jazz und der Rockmusik der fünfziger zum Freejazz und zum Beat der sechziger Jahre, und Miles Davis' Trompetensoli waren immer dabei, mal kühl, mal rockig zerrissen, mal eitel verspielt.

Ein kalter Tag, Anfang März, die Internatsjahre lagen hinter uns, die Koffer waren gepackt. Wir gingen zusammen durch den Klosterpark, die Nacht über war noch einmal Schnee gefallen, der als dünne Decke die Parkwege zierte. Der Schuldirektor hatte in seiner Rede vom Leben gesprochen, das nun vor uns liege, von Mündigkeit und Verantwortung, von der Pflicht, sich zu bewähren. Lem schritt auffällig schnell, als wollte er jedes Verweilen vermeiden und auch diesen Spaziergang noch hinter sich bringen, wie er Prüfung und Schlußfeier hinter sich gebracht hatte. Ich trat bald danach meine erste Stelle an, wurde Leiter einer Gesamtschule in einer abgelegenen Landgemeinde. Ich dachte manchmal an Lem und war kaum überrascht, als ich ihm drei Jahre später an der Universität wieder begegnete: hätte sein Bart noch einige graue Strähnen aufgewiesen und wäre das »Kapital« nicht schon geschrieben gewesen, niemand hätte daran gezweifelt, Karl Marx vor sich zu haben. Ich ließ mich nicht irritieren, begrüßte ihn mit seinem alten Namen, den er auch jetzt noch, bei gelegentlichen aber seltenen Publikationen, weil die Literatur am Ende schien, weiter verwendete als ein Relikt aus früher Zeit.

Auch nach diesen Jahren der Trennung, die uns auf verschiedene Wege geführt hatte, war keine Fremdheit zu bestehen. Die alte Vertrautheit stellte sich wieder ein, unser Gespräch ging weiter, als wäre es nie unterbrochen worden.

Lem erzählte von Reisen, die er unternommen hatte, von Studien, Büchern und Begegnungen. Unersättlich sog er sich mit allem voll, was ihm begegnete und wissenswert erschien.

Das Gespräch ist nie mehr abgebrochen all die Jahre. Mal war er es, der mit seinen Problemen meine Zeit in Anspruch nahm, mal war ich es, der sein Zuhören forderte. Wir trafen uns, in unregelmäßigen Abständen, für ein Wochenende in irgendeiner Stadt oder machten eine Wanderung in die Berge. Zu diesem Gespräch gehörte es auch, daß er keinen Text aus der Hand gab, ehe ich ihn gelesen und meine Meinung dazu geäußert hatte.

Es muß gegen Ende unserer gemeinsamen Internatszeit gewesen sein, als ich ihn im Park antraf, in

einem jener verlassenen Winkel des verwilderten Klostergartens, der seit dem Auszug der letzten Zisterziensermönche der Verwahrlosung anheim gefallen war. Wir hatten, obwohl wir nicht in der gleichen Klasse waren, uns all die Jahre im Internat zwar oft gesehen, sei es im Korridor, im Speisesaal, im Parlatorium oder draußen im Park, aber wir hatten nur selten zu einem längeren Gespräch gefunden. Ich beobachtete ihn manchmal aus der Ferne, meist war er in ein Buch oder in eine Zeitung vertieft und gab sich den Anschein, als wolle er nicht gestört werden. Er galt als verschlossen und nahm nur an jenen Veranstaltungen teil, die für alle Internatsschüler obligatorisch waren: die jährliche Dichterlesung, das Weihnachts- und Osterkonzert, pädagogische Vorträge und dergleichen mehr, was uns Internatszöglingen vorgeschrieben war.
An diesem Nachmittag trafen wir so unvermittelt aufeinander, daß ein Ausweichen noch irritierender gewirkt hätte, als ein paar Worte, und seien es nur beiläufige, zu wechseln. Zu meiner Überraschung war er es, der mich ansprach. Er schien sich mit einem Text beschäftigt zu haben, der ihn aufgewühlt hatte; obwohl er nicht wissen, es allenfalls ahnen konnte, daß ich ein passionierter Leser war, begann er von dem Buch zu erzählen.

Er lernt sie kennen, einfach so, mitten auf der Straße, folgt ihr, sie ist die Frau eines andern, eines Arztes oder Pfarrers, aber er hat genau gesehen, wie sehr sie sich langweilt, wie nur Frauen sich langweilen, die unglücklich sind.

– Ein Buch?
– Eine Geschichte
– Eine wirkliche?
– Was heißt schon wirklich? Er folgt ihr, sie gibt sich gleichgültig, tut, als hätte sie ihn nicht gesehen und achtet doch sehr genau darauf, ob er noch da ist; gehend lauscht sie, auf seine Schritte, auf seinen Atem, nah an ihrem Nacken; und sie denkt sich schon aus, was sie antworten wird.
– Aber das ist eine bekannte Geschichte, die von der Arztfrau.
– Spielt keine Rolle. Nur das Wie zählt.
Und schon war er wieder drin in dieser Geschichte, folgte dieser Arzt- oder Pfarrersfrau und ihrem jungen Geliebten, schickte sie durch Bahnhofshallen, über Avenuen, in Hotels.
Ich weiß nicht mehr, wie lange wir durch diesen Klostergarten gingen und, ständig redend und streitend, seine Arzt- oder Pfarrersfraugeschichte weiterspannen, sie änderten, ihr unerwartete Wendungen gaben.
– Nur der dargestellten Wirklichkeit vermögen wir unsere eigenen Gesetze zu geben, sagte er, eine Zeitlang wenigstens, und dann erzählt sich eine erfundene Geschichte von selbst weiter, sagt, wo's langgeht.
Er brachte mir die Geschichte einige Wochen später. Ich las sie und fand das Thema ziemlich abgedroschen, machte Randbemerkungen, strich Wörter und Wendungen.
Es war das erste seiner Manuskripte, das ich korrigierte, unzählige seither. Und jetzt die weißen

Blätter dieser Oschgeschichte, mit römischen Zahlen unvollständig durchnumeriert, die Tagebuchnotizen mit den Franceschi-Studien auf grauen zum Teil datierten Heftbogen, die ich selber mit Nummern versehen habe, Bogen aus billigem Umweltpapier, das dünn und durchlässig ist und die tiefen Spuren seiner Handschrift trägt.
Draußen dämmert der Tag, und ich denke, die Landschaft, die vor dem Zugfenster erwacht, ist seine Landschaft. Wie oft hat er sie mir in Briefen geschildert, seine ersten Eindrücke, wenn er, aus dem Norden kommend, sich aufrappelte, durchs Fenster spähte; die Hügel, die Felder, die Bodennebel hat er geschildert, die Gelb- und Brauntöne der Landschaft, die Dunstschwaden zwischen den Erdschollen der umgebrochenen Äcker.
Im Zusammenhang mit dieser Landschaft hat er manchmal das Wort Ankunft, das ihm sonst fremd zu sein schien, gebraucht, als gäbe es Augenblicke, in denen er innegehalten und sich ausgeruht hätte.

Er ist ausgestiegen.
So könnte ich schreiben. Als wäre er das, der nun auf dem Bahnsteig wartet an diesem frühen Morgen, Arezzo, fünf Minuten Aufenthalt.
Später der Zug nach Terontola-Cortona, ein fürchterlicher Zug, hatte Lem geschrieben, der Balkanexpress direkt aus Belgrad, überbelegt die Abteile, die Korridore sind nicht passierbar, starren vor Schmutz und Unrat, überall Schlafende, zusammengerollt, mit Zeitungen und Kartons dürftig zugedeckt.

Schlaftrunkene Gesichter mustern dich, fremd und mißtrauisch, und ihre Augen erzählen von einem Krieg, den du nicht verstehst. Du bleibst draußen, nah der Tür, siehst die erwachende Landschaft, manchmal kriecht die Sonne schon hinter den Hügeln hervor, weckt die Sonnenblumen auf den Feldern, Bahnhöfe gleiten vorüber, ab und an hörst du eine Signalglocke, im Zug Moslems, die kniend das Morgengebet verrichten, ein unverständlicher Singsang, deine Erlösung ist das Quietschen der Bremsen, die aufschnappenden Türen, der Bahnsteig, den du betrittst, schwarz glänzender Asphalt.

Mit langsamen Schritten muß er den Bahnsteig entlanggeschritten sein, hinab in die Unterführung, dann zum Zeitungsstand, die neuste Nummer seiner Zeitung, der Repubblica, die ihn als Einheimischen zu zeichnen schien, dann, so stelle ich es mir vor, über den Vorplatz zur Bar, der Kellner kennt ihn, schiebt ihm die Tasse über die Theke zu, öffnet die Zuckerdose, reicht ihm den Löffel –

dir bleibt eine Stunde, sie reicht für die Zeitung, für einige Gespräche; und wenn du den Bus besteigst, kannst du schon den See riechen, und du weißt, du bist da, das Dorf am See –

Sie hatte ihm nur diese Karte geschrieben, einige Monate nach jener Begegnung, die ihm nun so wichtig schien: Sandy Hills Bay and the colvent coast, a marvellous stretch of coastline.

Wenn ich durch die Gegend radle, schrieb sie, kann

ich mein Glück kaum fassen, die Natur so unberührt, so peaceful, fügte sie an, als ob nur das englische Wort dem gerecht zu werden vermöchte, die Zeit wird völlig unwichtig, du genießt einfach, it's lovely. Genießt und lovely doppelt unterstrichen. Und ganz unten am Rand, schon fast unleserlich, ein PS: Und nimm den Herbst nicht so schwer ...

Er drehte die Karte, eine grüne Küstenlandschaft, hügelig, mit Hecken bestanden, kleinen Bäumen, das Meer grau, mit spitzen Zungen das Grün der Landschaft ausfächernd, leckend.

Die Adjektive ärgerten ihn, er drehte die Karte wieder, las ihren Namen, sie hatte Vor- und Nachnamen geschrieben, ein rhythmischer Klang. Er glaubte zu wissen, oder hoffte er es, nur das PS war wichtig, nur dieser eine Satz und das fehlende Wort vor dem Komma; ihm schien, sie habe dort eine Lücke gelassen, die für ihr Zögern stand, als wäre sie schon erschrocken, überhaupt geschrieben zu haben, da sie sich ja kaum kannten, eine Begegnung, ein paar Worte, mehr nicht. Nicht mehr?

Osch seufzte auf und dachte gleich, er würde sich jetzt am liebsten an den Ohren nehmen, oder sich selber prügeln, so wie er zuweilen, in Phasen des Unmuts oder eines nicht zu bändigenden Anflugs von Verzweiflung, einen seiner Teppiche über die Stange hängte und so lange mit dem Teppichklopfer auf ihn einschlug, bis kein Staub mehr aus ihm entwich. Erst dann fiel seine Gemütslage in jenes Gleichmaß zurück, das ihn die Dinge des Alltags mit Gelassenheit ertragen ließ.

Er schob die Karte unter ein Bündel von Zeitungen – ein Anfang vielleicht oder ein Ende.
Auch der Schluß wäre denkbar:
Man sah ihn manchmal, am Abend, am Fluß entlanggehen, er ging mit langsam zögernd schlendernden Schritten und starrte unentwegt auf das Wasser, als suchte er etwas. Wenn man ihn ansprach, schüttelte er den Kopf, sein Blick glitt unruhig an einem vorbei in die Ferne, als ahnte er dort etwas Ungewöhnliches. Und wenn er eines Tages verschwunden wäre, hätte man die Gewißheit, daß er endlich aufgebrochen wäre –
(Weiße Blätter I oder X)

Ein Anfang oder auch das Ende, vielleicht besser das Ende, hatte er zu diesem Blatt geschrieben, denn Liebesgeschichten gehören nun mal zu jenem Typus von Geschichten, die man am besten von ihrem Ende her erzählt. Diese seltsamen Liebesabenteuer eines vom Hautschorf geplagten Deutschlektors, die er zu erzählen gedachte, erregten meinen Widerspruch.
Eine bekannte Geschichte, warnte ich ihn.
Auch bekannte Geschichten lassen sich wieder erzählen, und Liebesgeschichten erst recht.
Ich höre seine Stimme zwischen den Zeilen, ahne seine Verlegenheit, hinter der er auch jetzt noch, im vorangeschrittenen Alter, Zuflucht nahm, als wäre er der kleine Junge geblieben, der mir die Verwirrung seiner Gefühle zu beichten hätte. Ich hatte ihn schon oft vor bekannten Geschichten gewarnt.

Weisse Blätter I, 3

Nichts war Osch so zuwider wie das Telefonieren. Schon der Gedanke zum Telefon greifen zu müssen, konnte die morgendlich gute Laune verderben, seinen Mißmut ins Unerträgliche steigern und ihm den Tag als unselig erscheinen lassen, bevor er richtig begonnen hatte.

Als er an diesem Morgen zum Hörer griff, um endlich die Termine für ein Kolloquium, das die Fakultät dringend wünschte, durchzugeben, fühlte er sich gut gelaunt, der Tag strahlte in frühsommerlicher Helligkeit, die Texte fürs Lyrikseminar lagen bereit, er könnte sich etwas Ruhe gönnen, einen Spaziergang machen oder am späten Nachmittag ins Kino gehen.

Er zählte der Sekretärin die Termine auf; als sie um seine Telefonnummer bat, um allenfalls zurückrufen zu können, stutzte er erst, war für Sekunden fassungslos, eine unerträgliche Stille in der Leitung; als die Sekretärin die Frage wiederholte, hustete er, räusperte sich, begann dann rasch noch etwas beizufügen, um den Schreck zu überspielen, diese Peinlichkeit, daß es ihm, obwohl ihm das völlig unverständlich und auch unerträglich schien, im Augenblick unmöglich war, die eigene Telefonnummer zu nennen, nicht eine Zahl fiel ihm ein. Er nestelte in der Schublade, um die Nummer zu finden, verfluchte diese italienischen Apparate, auf denen die eigene Nummer nicht eingeprägt war, er sprach weiter, panisch, er stotterte, gab schließlich vor, in Eile zu sein und hängte auf.

Er blieb eine geraume Weile fassungslos vor dem Apparat sitzen, vergrub den Kopf in den Händen und hatte das Gefühl, es habe sich etwas Entsetzliches ereignet. Verstört schritt er in der Wohnung auf und ab. Du bist ein kranker Mensch, sagte er sich und fühlte große Lust, sich zu prügeln.
Selbst, als ihm die Nummer nach einiger Zeit einfiel, konnte er sich nicht beruhigen. Er blätterte Zeitungen durch, betrachtete Bildbände, nur um etwas zu tun. Vor Wochen hatte er in einer Zeitschrift einen Artikel über das mittlere Alter gelesen, der typische Phänomene dieser Lebensphase auflistete, wie nachlassende Sehkraft, veränderte Schlafmuster, Gedächtnisstörungen, eine Liste, die nur den Schluß zuließ, daß einer mit vierzig eine wandelnde Leiche war, deren einziges Glück darin bestand, noch nicht beerdigt worden zu sein. Er sprang auf, machte sich Kaffee, trank hastig und fühlte sich gestärkt und damit ein wenig beruhigt. Er versuchte mit einem Scherz, seinen Anfall von Vergeßlichkeit zu überspielen. So fand er allmählich seine Fassung so weit wieder, daß er zu einem Buch greifen und einige Seiten lesen konnte. Und er hätte den Vorfall, wie er seine Absenz bald einmal nannte, wohl vergessen, hätte nicht das Telefon geklingelt und ihn erneut aufgeschreckt. Er stand vor dem Apparat, empfand das Klingeln als Qual, eine Heimsuchung geradezu, die ihn verstörte. Um keinen Preis hätte er den Hörer abgehoben.

Später spazierte er durch die Stadt, las mit Aufmerksamkeit die Aufschriften über den Geschäftseingängen und memorierte sie danach, was ihm auch ohne besondere Anstrengung gelang. Selbst die angeschriebenen Preise für Hemden, Hosen und Jacketts konnte er mühelos behalten.

Und auch seine Telefonnummer, die er von Zeit zu Zeit abrief, war ihm immer präsent, wie auch einige weitere Nummern, die er häufig brauchte; ebenso Geburtstage von Freunden und Bekannten, die er sich in Erinnerung rief, konnte er ohne Zögern nennen.
Er setzte sich auf die Stufen vor dem Dom, streckte seine Beine aus, bewegte die Füße in kleinen Kreisen und stellte beruhigt fest, daß sein Körper keinerlei Anzeichen von Funktionsstörungen zeigte; und weitere Gedächtnisübungen, die er an sein kleines Körpertraining anschloß, verliefen zufriedenstellend, Gesichter vorübergehender Männer und Frauen, die er sich einprägte, konnte er nach einiger Zeit noch mit allen Einzelheiten vor sich sehen.
Er atmete auf und hatte das Gefühl, diesmal eine drohende Krise gerade noch einmal abgewendet zu haben.

Ein sonderbares Licht, dachte Osch später, und darin ihre Augen. Noch war der Tag hell draußen, und doch wünschte er sich, es wäre schon Nacht. Eine Weile stand er am Fenster, blickte auf die Hügel, die in erdigem Braun schimmerten.
Sie hatte nur ein paar Worte gesprochen, die kaum eine Frage ergaben, aber gewiß als solche gemeint

gewesen waren. Auf jeden Fall hatte er gleich Antwort gegeben. Sie hatte ein paar Schritte gemacht, war an ihn herangetreten und hatte weitergesprochen. Hatte sie ihn auch angeblickt?
Er wußte es nicht mehr, aber er hatte ihr Gesicht wahrgenommen. Kein auffälliges Gesicht, das strähnige Haar fiel unordentlich in die Stirn, aber ein Gesicht, das blieb, nachwirkte, vielleicht gerade wegen seiner Unscheinbarkeit. Keine, nach der man sich umgeblickt hätte; wäre da nicht diese sonderbare Haarfarbe gewesen, er hätte sie nicht beachtet. Ihre Augen, von schwer bestimmbarer Farbe, verwirrend, oder sollte er sagen unbeirrbar. Unbeirrbare Augen in einem bleichen Gesicht, als ob das etwas erklären würde. Er kannte solche Gesichter, nahm sie wahr und vergaß sie bald wieder. Doch dieses Gesicht hatte sich eingeprägt, und der Klang ihrer Stimme hallte nach. Es wäre leicht gewesen weiterzureden, ihr das Haar aus der Stirn zu streichen oder für einen Augenblick ihre Hand zu nehmen.
Er nahm Zuflucht zu irgendwelchen Bildern und fiel doch immer wieder zurück in ein dumpfes Grübeln.

Und nun diese Karte, einige beiläufig notierte Zeilen hatte sie geschrieben, und er fühlte sich in einer andern Welt. Er ging diesem Gesicht nach, das er unbeirrbar nannte, und er hätte nicht einmal sagen können, was er damit meinte, genausowenig wie er hätte erklären können, warum er ihm an diesem Tag einen Namen gab. Vielleicht beginnt ein Ver-

hängnis immer mit einem Gesicht, dem man einen Namen zu geben sich gezwungen fühlt und es damit schon zu nah an sich heranholt.
Er sprach den Namen vor sich hin, lächelte, schritt durch den anbrechenden Abend, als wäre ihm etwas Außergewöhnliches passiert.
Mitten in der Nacht erwachte er mit heftigen Kopfschmerzen, er machte Licht, setzte sich auf, ging diesen Traumfetzen nach, die ihn aufgeschreckt hatten, ein ödes Land, durch das er geirrt war. Wortlos war er vorwärts geschritten, hatte vergeblich die Lippen bewegt und sich an einen der seltenen Vorübergehenden wenden wollen, doch niemand hatte Notiz von ihm genommen. Er hatte zu rufen, zu schreien versucht, doch kein Laut war aus seiner Kehle gedrungen.
In diesem Augenblick mußte er erwacht sein. Der Schmerz hämmerte in seinem Kopf, das Licht blendete ihn, doch er schreckte davor zurück, es zu löschen.
Er stand auf und suchte nach Schmerztabletten, schluckte gleich zwei und kauerte sich auf dem Sofa zusammen. Trotz seiner Schmerzen versuchte er gleich, die Gedächtnisübungen wieder aufzunehmen, aber diesmal gelang es nicht, erinnerte Bilder hervorzurufen. Er schrieb es dem Schmerz zu, drehte das Radio an, um ins Nachtprogramm hineinzuhören. Eine Frau erzählte, wie es ihr zunehmend schwer falle, ihren kranken und völlig hilflosen Mann, er ist wie ein kleines Kind, sagte sie, weiterhin Tag für Tag zu pflegen. Sie erklärte, unter Tränen, wie oft sie aufgebracht sei, so sehr

von Haß erfüllt, daß sie ihren Mann am liebsten umbringen würde. Es sei entsetzlich, sagte sie, aber immer wieder spüre sie diese Lust zuzuschlagen, einzuschlagen auf diese völlig hilflose Gestalt, ein Gedanke, der sie quäle, aber sie fürchte, sich eines Tages nicht mehr beherrschen zu können.

Osch hörte eine Weile gespannt zu und vergaß darüber die Schmerzen, doch als die Frau in allen Einzelheiten den körperlichen Verfall ihres Mannes schilderte, mit einer heiser krächzenden, sehr eindringlichen Stimme, die Krankheit und ihre Folgen ausmalte, wechselte er den Sender, geriet ins Liebesgeflüster eines Mannes und einer Frau, ein auf- und abschwellendes Säuseln, das von Musik untermalt war und einem geheimen Kommando zu gehorchen schien. Er drehte das Radio aus, nahm erneut seine Gedächtnisübungen auf, doch auch diesmal stellte sich kein Erfolg ein; statt Gesichter, an die er sich erinnern wollte, evozierte sein Gedächtnis irgendwelche flüchtigen Augenblicke aus vergangenen Tagen, ein kleiner Trost immerhin, stellte er fest. Auch der Schmerz hatte so weit nachgelassen, daß er schon daran dachte, eine Flasche Rotwein zu öffnen, was er in schlaflosen Nächten immer tat. Er wagte es dann doch nicht, fühlte sich ratlos. Er setzte sich an den Schreibtisch, um sich mit dem Niederschreiben seines Traumes oder irgendwelcher anderer Dinge abzulenken, Alltagsbegebenheiten, die er in einem Journal der laufenden Tage festhielt. Doch kaum hatte er den Stift in der Hand, irritierte ihn das unablässige Surren von zwei Fliegen. Sie kreisten vor seiner

Stirn und ließen sich durch keine Handbewegung, kein Pusten und Spucken vertreiben.
Deine Arbeit ist dein Leben, sagte er sich oft, mit Stolz, nicht mit Bedauern. Mehr als zehn Jahre hatte er darauf verwendet, um an den Platz zu gelangen, an dem er jetzt stand, den er ausfüllen wollte. Verteidigen schien ihm das richtige Wort, denn er glaubte zu wissen, daß überall Feinde lauerten, die nur darauf warteten, seine Rolle einzunehmen, wenn er sich auch nur die geringste Unachtsamkeit erlaubte.
Er beobachtete die Fliegen, wußte gleich, nicht sie stellten das Problem dar, sondern sein wieder einmal gestörtes Gleichgewicht, das selbst Fliegen erlaubte, ihn innehalten und sich ärgern zu lassen. Ein Gesicht, sagte er sich, du kannst ein Gesicht nicht mehr vergessen, es treibt dich hinaus, ohne daß du willst. Es schien wieder einmal das aufgebrochen, was er verächtlich sein Sehnen nannte, aber dagegen kein Mittel fand.

Osch hätte das nicht weiter beunruhigt, wenn es nicht zuweilen eine Form angenommen hätte, die nicht bloß Bewegung und Unruhe brachte, sondern als unaufhörliches Frösteln seinen Körper erfaßte. Seine Haut geriet in diesen Zustand des Taumels, den die Dermatologen als psoriarischen Wahn bezeichneten.
Er wollte dieses Gesicht vergessen. Du weißt, sagte er sich, wie man Mauern anlegt.

Als die Ziegeldächer der Stadt aus der Morgendämmerung auftauchten und in der Ebene die ersten Staubwolken fahrender Lastwagen sichtbar wurden, saß er noch immer am Fenster, die Kopfschmerzen waren nun so erträglich, daß er die Augen offen halten konnte, aber die Ratlosigkeit hatte zugenommen. Er wußte nicht, was er mit dem anbrechenden Tag anfangen sollte. Er fühlte sich müde und hellwach; wohin sich wenden, dachte er, wie dieser Unruhe begegnen, die ihm wie eine Krankheit vorkam? Oder war es eine Krankheit? Die Gedächtnisübungen nahm er gar nicht erst auf, er hatte das beunruhigende Gefühl, er müsse mit allem rechnen.

3 Im Dorf

Nach dem Professore fragen Sie?
Alle im Dorf hätten Lem, erfuhr ich, nur den Professore genannt. Einer, der ständig in Büchern las, so schlossen die Dorfbewohner, mußte ein Professore sein.
Die Frau sah mich erschrocken an. Verschwunden, sagte sie, vor zwei Wochen. Ein Rätsel, fügte sie an. Und schon begann sie, ohne daß ich gefragt hätte, zu erzählen, alle im Dorf hätten den Professore gekannt, ein guter Mensch, immer freundlich, liebenswürdig.
Ich ließ sie reden, verstand, daß der Jagdwarenhändler Bescheid wisse und zuständig sei für die Angelegenheiten des Professore. Die Frau brachte mich zu ihm, der wisse alles genau, der habe auch die Schlüssel zur Wohnung. Venga, venga, sagte sie, zerrte mich mit sich fort, zum Laden an der Ecke, eine Bude mit Angelgeräten, Articoli di caccia stand über der Tür, ein zahnloser Alter begrüßte mich mit jener freundlichen Distanziertheit, mit der man Fremden begegnet.

Ich hatte vorerst im Hotel Quartier genommen und war durchs Dorf gegangen, ehe ich nach Lem gefragt hatte. Ich fand jede Einzelheit, die er mir über sein Dorf am See erzählt hatte, den kleinen Fischerhafen, die aufgehängten Netze und Reusen, die Insel im Dunst, die Hügel an den Ufern. Wieder und wieder hatte er mir Einzelheiten geschildert,

Alltagsbegebenheiten, Dorfgeschichten, die er aufnahm und an mich weitergab. Vielleicht hatte er deshalb nicht gewollt, daß ich ihn besuche, damit er immer von neuem erzählen oder beschreiben und dadurch jede Einzelheit so arrangieren könnte, wie es ihm entsprach. Eine beschriebene Landschaft ist immer eine erfundene Landschaft, sagte er, selbst dann, wenn man von einer bestimmten Wirklichkeit ausgeht.

Nun war ich da, in diesen von Lem oft geschilderten Kulissen, ein später Besucher, der nur noch auf verschlossene Türen trifft. Ich fand das Dorf, wie er es dargestellt hatte, und doch war ich enttäuscht; was ich vorfand, schien so abgeschlossen und fertig, so endgültig, wie es in seinen Schilderungen nie erschienen war, die Spannung fehlte, das Lückenhafte, jene Aussparungen und Nischen, die er in allen Erzählungen gelassen hatte.

Während ich auf einer Bank unter den Bäumen, nah dem See, mit dem Blick zur Insel, ausruhte, wie er es Tag für Tag getan haben mußte, bekam ich plötzlich das Gefühl, ich wäre an seine Stelle getreten, jener Rollentausch, den er mir so oft vorgeschlagen hatte, sei Tatsache geworden.

Der zahnlose Alte im Jagdwarenladen behandelte mich, nachdem er erfahren hatte, wer ich war, wie einen guten Bekannten. Der Professore habe viel von mir erzählt, er habe oft mit ihm geredet, ja überhaupt mit den Leuten im Dorf, alle hätten ihn gekannt, jeden Morgen sei er in den Straßen gesehen worden, fast immer um die gleiche Zeit, er habe am Kiosk die Zeitung gekauft und an der Bar

seinen Espresso getrunken und sei dann an den See gegangen, habe am Ufer gesessen und gelesen oder geschrieben, ein eigenartiger Mann gewiß, ein Professore eben, aber immer freundlich zu den Leuten. Der Alte, untersetzt, mit lebhaften Augen, mochte an die siebzig sein, fuchtelte zwischen seinen Angelruten, erzählte unentwegt vom Professore, als sei er sein persönlicher Freund gewesen.
In der Schilderung des Alten entstand das Bild eines Menschen, den ich so nicht gekannt hatte, einen, der mit den Leuten redete, beinahe täglich, an der Bar mitdiskutierte, die Probleme der Fischer kannte, manchmal mit dem einen oder andern hinausfuhr in der Morgenfrühe.
Mir war Lem eher zurückhaltend, verschlossen erschienen, einer, der die Menschen floh, nicht in Gespräche verwickelt werden wollte. Ich lebe nur in meinen Büchern, sagte er manchmal und beklagte, wie fern er vom Leben sei, vom wirklichen Leben.
Wo mochte Lem sein?
Hatte er wieder einmal mit uns allen sein Spiel getrieben?
Eines Tages müssen wir aufbrechen, hatte er, wohl mehr als einmal, gesagt, ins gänzlich Ungewisse, nur so entgehen wir uns selber und unseren Gewohnheiten, die nichts anderes sind als Anpassungen; erst wenn wir den Mut haben übers Wasser zu gehen, sind wir bei uns selbst angekommen.
Mich ärgerte das Pathos solcher Sätze.
Ich hörte dem Alten noch eine Weile zu, schlug seinen Wunsch aus, gleich auf den Friedhof zu ge-

hen, um den für Lem vorsorglich reservierten Grabplatz in Augenschein zu nehmen.

Ich wandte mich ab, um an der kleinen Stehbar nah am Ufer einen Kaffee zu trinken. Ich entdeckte, kaum hatte ich bestellt, ganz in der Nähe eine Frau. Sie trug, wie die meisten Frauen des Dorfes, eine Schürze über dem unauffälligen Dunkelbraun eines bäuerlichen Alltagskleides; das Haar war sorgsam aufgeknotet und mit einer seltsam geschlungenen Masche zusammengebunden; ihr Gesicht wirkte unruhig und ängstlich. Ich hatte sie schon vor dem Laden des Jagdwarenhändlers kurz gesehen, später beim Kiosk, jetzt stand sie unter der großen Platane und spähte immer wieder zu mir herüber, einmal schien sie leicht die Hand zu heben, als wollte sie mir zuwinken.

Mir war mit einemmal, ich würde von allen Seiten beobachtet, gab mir Mühe, in eine andere Richtung zu blicken, was meine Irritation nicht schmälerte. Schließlich kam sie auf mich zu. Mit einem beinah unhörbaren Flüstern gab sie mir zu verstehen, mich sprechen zu wollen. Sie deutete auf eine kleine Gruppe von Bäumen, oberhalb der Mole. Dann wandte sie sich ab, schritt zuerst in die entgegengesetzte Richtung, drehte sich und trippelte, einen großen Bogen beschreibend, auf die erwähnte Baumgruppe zu, hinter der sie verschwand. Ich trank meinen Kaffee aus und gewahrte in dem Augenblick den Jagdwarenhändler, der unauffällig auf einer Bank saß, mich scheinbar nicht wahrnahm. Ich vermutete, ohne sagen zu können, warum, daß er wohl schon länger dort verweilt und die

Szene mit der Frau beobachtet haben mußte. Ich ging geradewegs auf ihn zu, grüßte, er gab sich überrascht und erfreut, wollte gleich wieder mit mir zum Friedhof. Ich vertröstete ihn auf den nächsten Tag und entfernte mich. Die Frau, kaum sah sie mich näherkommen, schritt auf mich zu und begann sogleich zu reden, schaute aber immer wieder in alle Richtungen, ob auch niemand zugegen sei.

Sie habe den Professore gekannt, sie müsse mir etwas über ihn erzählen, es scheine ihr wichtig, sie glaube, mit dem Verschwinden des Professore sei nicht alles in Ordnung, das sei nur eine Ahnung, ein Gefühl. Sie habe ihn, wenige Tage vor seinem Verschwinden, noch gesehen, am Fenster, aber mit seltsam fremdem, ja leicht erstarrtem Gesicht, wie ein Gefangener, sie habe jedenfalls das Gefühl gehabt, aber sie könne sich auch täuschen, er versuche ihr zuzuwinken, heimlich, als würde er beobachtet, unauffällig auf jeden Fall, diskret. Zuerst habe sie sich nichts dabei gedacht, aber später, nachdem man ihn als verschollen gemeldet habe, sei ihr das wieder eingefallen, sie habe niemandem davon erzählt. Aber sie habe immer daran denken müssen und jetzt, da ich, sein Freund, mich um alles kümmere, habe sie das sagen wollen, und auch diese Frau, ob niemand von ihr gesprochen habe. Ich schüttelte den Kopf.

Die Frau redete unentwegt, ließ mir kaum Zeit nachzufragen. Da müsse doch etwas dahinter sein, sie habe eine Ahnung, nichts Bestimmtes, nein, und sie wolle auch nichts gesagt haben, aber sie habe gedacht, vielleicht könnte das für mich wichtig sein. Ich nickte ihr zu, ließ sie, als sie drängte, gehen, versprach ihr, sie nicht zu erwähnen und das alles für mich zu behalten, ein Geheimnis, versprach ich.

Ich stand noch eine Weile unter den Bäumen, ein Boot glitt vorüber, über dem Schilf kreisten Möwen, krächzten in einer Lautstärke, die mich zunächst erschreckte, dann auch wieder beruhigte, weil wenigstens die Vogelwelt in Ordnung zu sein schien, was man vom Leben im Dorf nicht behaupten konnte. So war ich denn auch nicht erstaunt, schon wieder den breiten Schädel des Jagdwarenhändlers hinter einer Hecke zu entdecken; ich hatte mich auf Überraschungen eingestellt.

Warum wollten mir alle vom Professore erzählen? Ich weiß mehr über Lem als sonst jemand.

War dieser Professore, von dem die Dorfbewohner sprachen, am Ende ein ganz Anderer, eine Verwechslung, ein Irrtum, und Lem war untergetaucht, lebte irgendwo, hatte sich in eines der halbzerfallenen Klöster, für die er seltsame Vorliebe hegte, zurückgezogen, um endlich so im Verborgenen zu leben, wie er es sich schon immer gewünscht hatte.

Und diese Frau, was sollte ich von ihrem Gerede halten?

Mit langsamen Schritten ging ich am Ufer entlang, die untergehende Sonne inszenierte ihren Abgang derart kinogerecht, daß ich versucht war, mir eine Zigarette anzuzünden.

Zeichen der Zeit

Der steht da, ein schlaksiger Kerl mit breitem Kopf, schaut sie nur an, aufmerksam, durchdringend; starrt, als wollten ihm die Augen aus dem Kopf fallen, und macht doch keine Geste der Annäherung, bleibt abweisend. Als genügte ihm schon das Betrachten, all die Einzelheiten aufzunehmen, die Formen ihrer Gestalt, die das Kleid nachzeichnet, die Bewegungen des Körpers, die Gesten der Hände, eine Regung im Gesicht, als reichte das aus, um zu ahnen, was nicht sichtbar ist.

Puppenhaft hat der Meister Domenico die Madonna genannt, die der Geselle in seiner Werkstatt malte, herb-spröde und unnahbar, ohne Leben das Gesicht. Der Meister hat sich ereifert, hat die Kälte getadelt, hat ihn gar einen Maler der kalten Wohlanständigkeit gescholten, einer, der Frauen ohne Liebe malt, ohne Anmut.

Typisch, hat der Meister gemurmelt, für diesen Gesellen, der zu oft vor Bildern verweilt und zu wenig im Leben steht.

Er schüttelt nur den Kopf, als sie sich nähert und einladend das Kleid schürzt.

Das ist ihr fremd, daß einer das ausschlägt, was sie geben will, für ein paar Florin oder weniger. Zudringlich sind die meisten, können nicht warten, greifen rasch mit den Händen unter die Röcke und in die Bluse. Der scheint einer von diesen Schüch-

ternen aus der Provinz zu sein, mit Manieren, aber unerfahren. Die sind ihr am liebsten, da ist nichts zu fürchten.
Man müsse sich den Frauen nähern, um sie malen zu können, hat der Meister gebrummt. Unsere Zeit will Menschen, nicht Schemen, will Frauen und nicht verklärte Madonnen, betonte er, Frauen, die, mit sinnlichen Lippen und windzerzausten Haaren, wie Männer mitten im Leben stehen, Wesen aus Fleisch und Blut, die lieben und arbeiten, sündigen und bereuen.
Der Meister hat geseufzt.
Wo Menschen sind, ist Leiden und Leidenschaft, ist Lust und Freude, Gewalt und Zärtlichkeit.
Schau er sich das lüsterne Treiben der Kentauren gegen die Lapithen an, entfesselte Leidenschaft und Gier; er kennt doch seinen Ovid.
Komm, flüstert sie, zieht ihn mit sich fort. Er folgt durch das dunkle Treppenhaus, sagt kein Wort, sieht sich im Zimmer um, schaut ihr zu, wie sie ihr Kleid aufknöpft und fallen läßt. Worauf wartest du?
Sie macht ein paar Schritte, wiegt mit den Hüften, läßt die Hände über ihre Haut gleiten, streckt den Finger nach ihm aus, krümmt ihn leicht.
Er starrt auf die nackte Gestalt im fahlen Schein, fleckige Haut, leicht gerötet, als leide sie an Fleckfieber. Krank vielleicht, elend. Eine, die überleben will, irgendwie.
Er zuckt, als ihre Hände seine Hüften umfassen, sie stößt ihn an, legt sich hin, zieht die Knie an und öffnet seinen Blicken, was er nicht sehen will.

Nackt zeichnet der Meister Domenico die Figuren auf die Unterlage und bekleidet sie erst während des Malens. Nur wer die Nacktheit kennt, meint er, vermag die Bewegungen des Körpers darzustellen, und nur in den Bewegungen des Körpers erkennt man die Bewegungen der Seele. Nackt hat Domenico seine Göttinnen dem Paris gegenübergestellt, Fleisch, das verführen will; mit einer unmißverständlichen Drehung ihres Körpers lockt die eine; mit gewitztem Blick und der einladenden Geste ihrer ausgestreckten Hand die andere. Das ist die carnalis stimulatio, die das Handbuch für Jungfrauen streng verbietet, dozierte er, als müsse er diesem Gesellen auf die Sprünge helfen, das Locken der Versucherin. Das hat auch der heilige Antonius erfahren, als die Königin von Saba ihn auf ihr Lager lockte und ihren Leib als eine Welt versprach, der alle Geheimnisse berge. Er hat geklappert mit den Zähnen, sein Bart hat gebebt, seine Lippen haben gezuckt, ob dieser Einladung ins Reich der Lüste.
Flüchtig blickt er hin, äußert noch immer kein Wort, setzt sich auf den Rand des Bettes, starrt wieder, als wäre das ein Bild, dessen Geometrie er auszumessen hätte, die Perspektive und den Einfall des Lichts. Sie nimmt, an solches Zögern nicht gewohnt, seine Hand, führt sie an ihre Knie und Hüften, drückt sie zwischen den Schenkeln fest.
Das soll er kennenlernen, hat der Meister gesagt, er ist doch kein Priester, der in jedem Weib eine Versuchung des Teufels sieht, das Tod und Verderben in die Welt bringt. In die Stadt hinaus hat er seinen

Gesellen geschickt, unten am Fluß warten sie, für ein paar Florin sind sie zu haben –
Sein Gesicht bleibt unbewegt, doch als sich ihre Hände an seinen Kleidern zu schaffen machen, steht er auf, sagt Nein, und das ist das erste Wort, das er spricht. Bleib, sagt er, als sie sich eingeschüchtert abwendet, und laß dich anschauen.
Sie schüttelt den Kopf, solche gibt es, denen das Sehen genügt, arme Teufel, denkt sie.
Wenn der Körper schon die Freuden vorwegfühlt und die Liebe zu dem Punkt kommt, daß sie die weiblichen Fluren einsät, so oder ähnlich heißt es beim Lukrez, dann kleben sie gierig die Körper aneinander, lassen den Speichel des Mundes zusammenfließen und drücken sich mit den Zähnen die Gesichter ein – vergeblich, da sie nichts davon abkratzen, nicht mit dem Körper eindringen und ineinander verschwinden können.
Sie nimmt die Münzen, die er ihr hinhält.
Er schaut so lange, bis er glaubt, genug gesehen zu haben, dann wendet er sich ab.
Vielleicht komme ich wieder, sagt er noch.
Wann du willst, ruft sie ihm zu, und tastet nach ihren Kleidern.
Warum war ihm später, als hätte er den Tod gesehen, die Krankheit? Hat ihm der Lukrez ganz den Kopf verdreht? Oder waren es die Worte der Pfaffen, die nach Hexen jagten und in jeder Frau Verführung und Verderben ahnten?
So denkt der Maler nicht, er hat eine Mutter und eine Schwester. Aber kennt er die Frauen?
Er malt die drei Engel seiner Taufe, tänzelnd, leicht

und verspielt, sanft wie eine Gondel, die von zwei Rudern bewegt durch die Wellen der See gleiten wird. Und der eine starrt, mit schweren Lidern, grad auf den, der da steht und gafft, nimmt seinen Blick gefangen, zieht ihn ins Geschehen, unausweichlich, und doch viel unauffälliger als ein zeigender Finger oder ein gebogener Daumen es vermöchte. Er liebt diese Zeichen, die verhalten sind, und diese Gesichter, die aus der Stille sprechen.
Dem Meister wird das nicht gefallen.
Herb-spröde? Warum eigentlich nicht?
Er hat Fleischlichkeit wahrgenommen, er hat gesehen, und er ahnt. Und mit Maria Magdalene wird er das auch malen: eine Frau mit fleischlichen Lippen und zuckenden Schläfen, eine Frau, die im Begehren lebt.

In kleinen Gruppen stehen sie im Raum, als der Meister Domenico mit seinem Gesellen eintrifft und gleich lebhaft begrüßt wird. Der junge Maler schüttelt Hände, merkt sich Namen.
Er müsse endlich Leute kennenlernen, hat der Meister gesagt und den jungen Gesellen mitgenommen zu diesem Treffen im Kloster Santa Maria degli Angeli, der kahle Poggio Bracciolini wird sich einfinden, vielleicht auch der kleine dicke Alberti, auch die Griechen sind angesagt, der Bessarion soll in der Stadt sein, Niceno heißen sie ihn, Metropolit von Nicäa und Kardinal von Santa Sabina, und manche sehen ihn schon auf dem Heiligen Stuhl, als Oberhaupt der wiedervereinigten Kirche, wie sie in diesen Tagen beschlossen wurde. Zuviele

Namen, hat der Geselle gestöhnt, wie soll er sich da zurechtfinden.
Domenico stellt den jungen Maler dem kleinen Dicken vor. Unser aller Meister, Leon Battista Alberti, lächelt Domenico.
Zu schmeichelhaft, Meister Domenico.
Der junge Franceschi kennt euer Buch beinahe auswendig.
Wenn ihm darüber nur nicht das Malen vergeht, gibt der kleine Dicke zurück.
Das gewiß nicht, wendet sich der Geselle an den Meister, die Regel geht dem Handwerk voran.
Aber sie ersetzt es nicht, wer Talent hat, gibt sich ohnehin seine eigenen Regeln.
Ein Raunen geht durch die Gruppen und verhindert den Einwand des jungen Malers.
Die Griechen, flüstert einer, mit einer Ehrfurcht als spräche er vom achten Weltwunder. Alle wenden sich zur Tür, folgen der Gruppe, die langsam den Raum betritt, bärtige Gestalten mit diesen eigenartigen Kopfbedeckungen.
Das ist der Niceno mit seinem Gefolge, zischt Domenico seinem Gesellen ins Ohr, rechts von ihm der Marsuppini, Übersetzer der Ilias, und sein Freund Tortelli, Kustos der vatikanischen Bibliothek, daneben der Albergati, Kardinal von Santa Croce, und den Cesarini kennst du ja.
Merk dir die Namen, die Titel und etwas, was ihnen schmeichelt, hat der Meister dem Gesellen schon im voraus eingebleut, erwähne eine Übersetzung, ein Bild, mach einen klugen Satz. Du wirst die ganze Heiligkeit und Gelehrsamkeit, oder was

sich dafür hält, unserer Gegenwart kennenlernen, eingebildete Herren, keine Frauen, leider, Herren, die geschmeichelt, ja mehr gepinselt sein wollen als jedes Bild; launisch und eitel sind sie, und sie sind unsere Richter mit Beilen so scharf wie die des Henkers, aber vergiß nie, sie sind auch unsere Kunden und Auftraggeber. Beziehungen sind nun mal ebenso wichtig wie das Handwerk. Mag einer seine Kunst noch so vollendet beherrschen, wenn er sich nicht zu verkaufen und mit den Herren Umgang zu haben weiß, bleibt er vergessen; verkannt sein, mag löblich erscheinen, aber es macht hungrig und krank. Also benimm dich, zeig dich zurückhaltend, fordere sie nicht heraus, aber sprich mit Überzeugung von deiner Arbeit, nicht kleinlaut, das weckt Zweifel, nur wenn du an dich glaubst, wird man von dir überzeugt sein.
Langsam bildet sich ein Kreis um die Gruppe des Metropoliten, einige drängen sich vor, die Ordnung ist vorgegeben: jeder weiß, wo er hingehört. Der Geselle hält sich im Hintergrund, beobachtet, hört zu, nimmt Gesprächsfetzen auf. Von aufregenden Texten ist die Rede, Pergamente werden entrollt, Griechisch wechselt mit Latein, und wer heimische Dialekte benutzt, fällt auf.
Schon wieder Natur und Kunst, stöhnt Domenico, als ob nicht schon alles gesagt wäre.
Unterdrück deinen Mißmut, Domenico, die Griechen haben neue Texte mitgebracht, wendet sich einer, sein Schädel ist so kahl wie der des heiligen Paulus, an den Verstimmten, auch du hast nie ausgelernt.

Und du mimst Interesse, lieber Poggio, um dir einen Auftrag zu sichern.
Streiten wir nicht, die Herren wollen nun mal unterrichtet sein, zudem haben die Griechen schöne Nasen.
Eitle Laffen, wenn du mich fragst, nicht alles ist interessant, bloß, weil es griechisch ist.
Auch du hast deinen Platon gelesen, und auch den Homer, wie dein schöner Paris, oder soll ich sagen die nackte Helena, beweist. Oder huldigst du am Ende nur der Liebe zu den Äpfeln?
Laß die Anspielungen, lieber Poggio, auch deine Kunst geht nach dem Brot.
Sag ich ja.
Als Diener die Krüge und Becher auftragen, löst sich der Kreis wieder in Gruppen. Vergeblich sucht der junge Maler den kleinen Dicken, der gehört dazu, ist mit dem Niceno und den Griechen im Gespräch, der Meister Domenico streitet noch immer mit dem Kahlhäuptigen, kümmert sich nicht um seinen Gesellen. Dem bleibt nur die Rolle des Zuschauers und Zuhörers. Er nimmt Gesprächsfetzen auf. Von der Kunst als Mittel zur Unterweisung einfacher Menschen ist die Rede, vom freien Menschen und von Ovid, den alle bewundern und lieben.
Er möchte sich anschließen, ein Wort einwerfen, eine Frage stellen oder eine These formulieren.
Er zögert, hört bald jenem Kreis zu, lauscht auf ein Gespräch im nächsten. Er hört vom Kreislauf alles Lebendigen in der einen Ecke, vernimmt aus einer andern Warnungen vor der zunehmenden Gefahr

der Idolatrie, dem Überhandnehmen alles Weltlichen, Kunst trete an die Stelle der Religion. Statt Markus lesen sie Horaz, ruft ein Geistlicher verzweifelt, statt Paulus Vergil, nichts als Heidentum und Aberglaube, Sittenlosigkeit und weltliche Lust, unsere christliche Welt geht zugrunde, man ahnt schon das Jüngste Gericht.
Ihr starrt Euch die Augen aus dem Kopf; laßt Euch nicht beeindrucken vor soviel eitler Heiligkeit oder heiliger Eitelkeit.
Ihr gehört dazu?
Wo denkt Ihr hin? Bisticci winkt ab. Bücher sind gefragt, das ist mein Glück, die Herren wollen lesen, sind ganz begierig nach jedem Text; jeder will der erste Leser sein, seit die Griechen in der Stadt weilen erst recht. Sie sind die Überlebenden des Altertums, hat der Kardinal gesagt, sie führen hinaus aus der Finsternis ins reine Licht der Vergangenheit, aus der Blindheit zum Sehen, aus dem Schlafen zum Wachsein, zur Geburt einer neuen Zeit.
Ihr kennt die Herren?
Nicht alle. Der Niceno hat den Pletho im Gefolge, ein Gelehrter aus Mistras, der neue Platon, sagt man, spricht viel von Geist und Seele, zuviel, meiner Ansicht nach.
Neue Bücher?
Der Bruni hat mir den Horaz überlassen, die Grundregeln der Poesie, die auch für Maler gelten.
Und Ihr, habt Ihr den Lukrez studiert?
Ein schwarzgalliger Mensch, wenn Ihr mich fragt, der uns düstere Aussichten verheißt, vergeblich

alles Streben nach Glück und Ruhm, man könnte sich gleich aufhängen nach der Lektüre.
Und doch preist keiner das Dasein, die Schönheit der Welt in vollendeteren Versen als er, ereifert sich Bisticci, die im Sonnenlicht tanzenden Stäubchen, die Verfärbungen des Meers im Abendlicht, das Zucken träumender Hunde, da wird das Wirkliche erfaßt und in Poesie verwandelt.
Nicht leicht zu lesen, diese Verse, ungewohnt der Klang, ungewöhnlich die Bilder.
Es ist mit einem Buch eben wie mit einem Gemälde, ut pictura poesis, wie Horaz vermerkt, manches wird dich, wenn du näher stehst, mehr ansprechen, ein anderes bei entfernterem Standpunkt; dieses liebt den dunklen Platz, jenes will bei vollerem Lichte sich zeigen und bangt nicht vor des Kenners eindringendem Scharfblick; dieses gefiel das erstemal, ein anderes wird bei zehnfacher Wiederkehr gefallen.
Und verlangt Zeit und Geduld, setzt der Maler hinzu.
Bisticci nickt.
Solche Bücher hoffen, genauso wie Bilder, auf den geduldigen, unvoreingenommenen Leser, der langsam und bedächtig den Zeilen folgt, sich nicht drängen läßt, nach keiner Mode und keinem schnellen Urteil schielt, einer, der sich ganz dem Klang der Sprache und ihren Bildern überläßt, mit offenen Sinnen, der Zeile für Zeile liest, manchmal innehält, weitergeht, neugierig, hingegeben, der Spuren aufnimmt, Anspielungen liest und Nischen mit eigenen Gedanken und Bildern füllt. Wer den

Lukrez so liest, wird reich beschenkt, er trifft mit seinen Bildern ins Herz menschlicher Erfahrungen.

Aber vergänglich erscheint in seinen Versen alles Irdische, todgeweiht, sogar die Seele.

Das schon, lacht Bisticci, selbst die Liebe ist ihm ein leerer Wahn, eine List der Venus, eine Torheit, nichts weiter. Er soll eben liebeskrank gewesen und durch ein Aphrodisiakum wahnsinnig geworden sein. Sollte er da nicht die Liebe verwünschen? Muß er deshalb gleich alles als vergänglich tadeln, als sei es ein Fluch, geboren zu sein.

Nur wer um die Vergänglichkeit weiß, nimmt die kleinen Dinge wahr, die Zeichen der Welt, die leise klingen, und er sucht nicht öffentlichen Ruhm, sondern findet Ruhe in sich selbst; im Schatten leben, so hat er es von Epikur gelernt, vita umbratilis.

Ein schöner Gedanke. Aber wir müssen leben, uns durchbringen, in Tag und Arbeit.

Eine Weile im Getümmel ja, um später die Ruhe im Verborgenen zu genießen, das Landhaus in den Hügeln: selige Einsamkeit als einzige Seligkeit. Ich bring euch den Epikur. Aber nun muß ich noch hinüber zum Kardinal.

Der Maler schaut ihm, der rasch in der Menge verschwindet, nach. Er mustert die Gruppen, beobachtet die lebhaften Gesten des bärtigen Metropoliten, ein noch jugendlich scheinendes Gesicht unter dem olivgrünen Fez.

Er hält Ausschau nach dem Meister Leon Battista, nach dem kahlen Poggio, findet sie alle in ein Ge-

spräch vertieft, entdeckt den Domenico nicht mehr, lauscht wieder auf ein anderes Gespräch. Über die Kunst als bloßer Schein ereifert sich einer, nennt Platon als Zeugen.
Er möchte da und dort widersprechen, möchte hinzufügen, was er selber zu dieser und jener Frage denkt; er wagt es nicht, hinzuzutreten, das ist nicht der Borgo, wo man ihn als Sohn des Fellhändlers und Tuchfärbers kennt. Und doch möchte er mitreden, das sind auch seine Themen, Griechisch und Latein versteht er auch, über den Phaidros hat man auch im Borgo diskutiert, die Liebe zum Schönen, da hätte er auch etwas beizutragen.
Alle scheinen sich zu kennen, nur er ist der Fremde, gehört nicht dazu. Steht allein in seiner Ecke, hört und schaut, merkt sich Gesichter und Gesten. Soviel Gelehrsamkeit, denkt er, soviel Eitelkeit.
Soll er aufbrechen?

Ihr steht so allein, junger Mann.
Er erschrickt, obwohl die Stimme freundlich klingt, dreht sich um, blickt in dies runde Gesicht mit dem kurzgeschnittenen Haar, einer aus der Begleitung des Metropliten. Er starrt etwas linkisch auf diesen Mann im Brokatkleid.
Mein Herr, stammelt er, verneigt sich.
Nicht so schüchtern, junger Mann, wir sind Landsleute, ich kenne Euren Vater, sein Indigo gehört zum kräftigsten im Tibertal. Aber sprechen wir über Eure Kunst, Ihr geht dem Domenico zur Hand?
Er nickt, gibt Auskunft.

Die Altartafel in Sant' Egidio ist nicht seine erste Arbeit, er hat schon im Borgo Aufträge ausgeführt, er ist kein Anfänger.
Das weiß der Kämmerer, die Kunde vom Talent des jungen Franceschi ist auch nach Arezzo gedrungen. Und hier in Florenz kann er lernen, hier sind die Meister, hier entscheidet sich, was Bestand hat, hier werden die Zeichen der Zeit gelesen und dargestellt, das ist die Moderne.
Die größten Kunstwerke, sagt der Mann im Brokatkleid eine Spur zu feierlich, bringen die Kultur ihrer Zeit nicht direkt zum Ausdruck, sondern komplementär, weil sie durch Ergänzung öffentlich wirken, denn die Öffentlichkeit braucht nicht etwas, was sie schon besitzt, sie braucht das, was ihre Vorstellungen ergänzt und weiterführt. Hat er verstanden?
Jemand winkt dem Kämmerer zu, und der winkt zurück. Ihr braucht einen Auftrag, junger Mann, sagt er noch.
Er kennt, gibt er, schon sich abwendend, zu verstehen, den Malatesta in Rimini und den Montefeltro in Urbino, die haben Aufträge, auch in Arezzo tut sich etwas, und einmal müßte er, sagt der Mann im Brokatkleid schon aus einiger Entfernung, nach Rom kommen.
Ihr werdet von mir hören.

Du hast den Bacci gesprochen, brummt der Meister Domenico, bilde dir bloß nichts ein.

4 Die Wohnung

Ich hatte eben mein Frühstück beendet, als ich vor dem Hotel den Jagdwarenhändler auftauchen sah. Ich kehrte in mein Zimmer zurück und trat auf den Balkon hinaus. Die Sonne kam über die Dächer und ließ den See in einem eigenartigen Gelb oder Lehmbraun schimmern, kein Mensch war zu sehen, im nahen Denkmal für die Kriegsveteranen, einem Marmorgebilde, das wie ein Galgen über einen Sarg gespannt war, brannte ein rotes Licht. Der anbrechende Tag weckte wenig Begeisterung, all diese Gänge, ich konnte mir die Reden schon ausmalen, die wieder über den Professore geführt würden, die reinste Seele von einem Menschen, freundlich, zugänglich, jeder hatte ihn gekannt, mit ihm gelacht, war sein Freund gewesen.
Mir schien die ganze Angelegenheit eher unangenehm. Ich war gefahren, in der Hoffnung, Lems Verschwinden werde sich rasch klären. Ich würde erfahren, wo er sei, brauchte mir keine Sorgen mehr zu machen und könnte, nach einem beruhigenden Gespräch mit Lem, zurückkehren. Mit der Situation, wie sie sich nun ergab, hatte ich nicht gerechnet. Ich war in eine Dorfgemeinschaft geraten, die sich in einem mir unverständlichen Maß um Lem zu kümmern und jeden meiner Schritte zu beobachten schien. Und ständig tauchten neue Fragen auf, auf die ich keine Antwort fand.
In welchem Verhältnis hatte er wirklich zu den Leuten gestanden? Warum hatte er mir nicht die

Wahrheit gesagt? Eine Krankheit, Müdigkeit, Überdruß? Ich wußte es nicht. Hatte er mir etwas vorgegaukelt?
In all den Jahren hatte ich stets zu wissen geglaubt, was Lem gerade beschäftigte. Ich hatte die meisten seiner Freunde und seiner Freundinnen gekannt und erfuhr es meist auch, wenn einmal mehr eine seiner Beziehungen endete. Er zog sich zurück, und schrieb wochenlang düstere Briefe. Ich habe ihn manchmal zu überreden versucht, doch eine Anstellung anzunehmen, eine Teilzeitbeschäftigung wenigstens, bei einer Zeitung, an einer Universität oder gar an einer Schule. Ich hoffte, das würde ihm ein wenig Halt geben, ein paar Fixpunkte in sein unruhiges Leben bringen. Aber vielleicht habe ich da zu sehr an mich selbst gedacht, ich habe meine Familie, Frau und zwei Töchter, meinen Beruf und mein Haus; und selbst wenn ich zu gewissen Zeiten Lem um seine Ungebundenheit beneidet habe, hätte ich nie ohne dies Gefühl des Aufgehobenseins leben können. Ich habe oft bewundert, mit welcher Konsequenz er seine Lebensweise durchhielt, auch dann, wenn er mit seinem Schreiben nicht weiterkam oder wieder einmal eines seiner Bücher von der Kritik gnadenlos zerzaust wurde. Das konnte seine ohnehin vorhandenen Selbstzweifel übergroß werden lassen, und er war dann einige Zeit unfähig, auch nur eine Zeile zu schreiben. Ich hänge herum, bekannte er in Briefen und ließ verlauten, er werde nie wieder eine Zeile schreiben, was allerdings nicht ernst zu nehmen war. Zu sehr liebte er das Schreiben, diese Verbindung von verzwei-

felter Anstrengung und Lust am Spiel, eine Leidenschaft, ein Zwang. Er hatte etwas von einem Spieler, einem ernsthaften allerdings, der das Spiel vielleicht zu selten spielerisch anging. Ich hätte ihm oft mehr Leichtigkeit, Verspieltheit, nicht nur in seinem Schreiben, auch in seinem Leben gewünscht.

Draußen wartete der Jagdwarenhändler, um mir den Friedhof zu zeigen, auf dem er, vorsorglicherweise, wie er entschuldigend beifügte, einen Grabplatz reserviert habe. Er hatte es ohne Verlegenheit gesagt und immer wieder beteuert, daß auch er noch hoffe, ja überzeugt davon sei, daß Lem wieder auftauchen und in seinen Alltag zurückkehren werde.

Der Jagdwarenhändler schleppte mich zuerst in die Bar, präsentierte mich als den Freund des Professore. Ich mußte jedem der Anwesenden die Hand reichen, alte Männer zumeist, Fischer vor allem, wie mir der Jagdwarenhändler später erklärte, markante Gesichter, bärtige, knochige, von dunkler Hautfarbe, die mich schweigend musterten, mißtrauisch, dachte ich und war mir nicht sicher, ob ich mir das nur einbildete. Plötzlich sah ich, über die Schulter der Männer hinweg, unter dem Fenster der Bar die Frau von gestern. Ich wollte mich zum Fenster wenden, aber der Jagdwarenhändler faßte mich um die Schulter, schob mich vom Fenster weg zur Theke, bestellte Kaffee.

Jeden Tag habe der Professore hier seinen Kaffee getrunken, sagte der Barmann, ein wohlbeleibter Kahlkopf, neben dem seine junge, kaum zwanzig-

jährige Frau stand und ihn, während sie die Tassen reichte, scheu musterte. Der Barmann begann von seinen Gesprächen mit dem Professore zu erzählen, über Fußball hätten sie geredet, über Politik, ja und über die Dinge des Lebens, ein kluger Mann, der Professore, immer Bücher habe er bei sich gehabt und Stifte. Einmal habe der Professore ihm auch ein Buch geschenkt, mit seiner Unterschrift. Er holte es unter der Theke hervor, schlug es auf und streckte es mir hin.
Die Unterschrift irritierte mich.
Er habe auch ein Buch, sagte der Jagdwarenhändler, mit einem Vers als Widmung.
Er zitierte auswendig, und die Männer applaudierten.

Der Friedhof, auf einer Anhöhe am südlichen Ausgang des Dorfes gelegen, gibt den Blick frei auf den See, dessen Ufer hier mit hohem Schilf bewachsen sind, und auf den mittelalterlichen Ort San Savino, der auf einem Hügelvorsprung überm See liegt. Der Jagdwarenhändler stieß das Tor auf. Wir entdeckten beide, fast gleichzeitig, die drei Frauen, die um ein frisches Grab standen. Als ich mich nach ihnen umdrehte, bemerkte ich, daß die eine stehengeblieben war und, mit einem kurzen Nicken, zu uns herübersah. Aber schon hatte sich der Jagdwarenhändler umgedreht, und die Frau folgte den beiden andern.
Ich kannte italienische Friedhöfe, sie kamen mir immer nüchtern vor, kaltes Mauerwerk, Steinplatten, so war es auch hier, in der Mitte die kleinen

und großen Steinhäuser der reichen Familien, eigentliche Friedhofswohnungen, mit schmiedeisernen Toren, aufwendigen Glasfronten und kleinen Eingangshallen, nur die Briefkästen und Klingelknöpfe fehlten. Außen herum, wie Schrankfächer ins Mauerwerk eingelassen, die Gräber der Armen, quadratische Marmorplatten mit den Inschriften, einem Foto, da und dort eine Blume, meist aus Plastik, auf den kleinen Sims am unteren Ende der Platte gelegt.

Ganz oben erhob sich das Krematorium, das neu erbaut schien. Auf dem neusten Stand der Technik, rief der Jagdwarenhändler, als hätte er meine Gedanken erraten. Er erläuterte die Einzelheiten der Anlage, den Kühlraum, die Feuerkapazität, die Entlüftungsanlage, eine Stiftung der Familie Stefanini, fügte er an und wies auf das beinahe zweistöckige Familiengrabhaus, dessen Eingang mit zwei in Stein gehauenen Engeln geschmückt war. Er referierte, während ich langsam die Stufen hinanging, die Familiengeschichte der Stefaninis, die sich um das Dorf und seine Entwicklung verdient gemacht hätten. Der Professore sei oft auf dem Friedhof gewesen, sagte der Jagdwarenhändler, und er habe auch den Wunsch geäußert, sollte ihm irgend etwas zustoßen, einmal hier draußen beerdigt zu sein. Deshalb habe er gleich gehandelt, obwohl der Professore ja bloß vermißt sei, was nicht bedeuten müsse, er tauche nicht wieder auf. Die Reservierung dieses Grabplatzes sei, er müsse das mit aller Deutlichkeit betonen, rein vorsorglich und rein provisorisch, sie sei also jederzeit rückgängig zu machen. Die Grabplätze an den guten Lagen des Friedhofs seien sehr begehrt. Darum sei es üblich geworden, sie vorzumerken, eine alltägliche Maßnahme also. Ich hielt meine Verwunderung zurück und ließ den Jagdwarenhändler reden. Er referierte ausufernd über Grabhaustypen, Steinmetzmotive, Inschriften, Marmorsorten und Schmiedearbeiten, und natürlich hatte er in jedem Metier einen Bekannten, der die Arbeiten ausführen würde, zu einem freundschaftlichen Preis.

Und wer war diese Frau, fragte ich unvermittelt.

Nun schien er erstmals irritiert, zögerte, wollte mit seinen Grabhausangeboten fortfahren, doch ich wiederholte die Frage.

Nun ja, einige glaubten tatsächlich, Lem hin und wieder mit einer Frau gesehen zu haben, aber er könne sich nicht erinnern.

Wer hat sie gesehen?

Einige Frauen hätten von ihr geredet, er halte das für Klatsch, wie er eben üblich sei im Dorf, er jedenfalls könne diese Frau weder beschreiben, noch wisse er etwas über sie. Der Professore sei immer allein gewesen die letzten zwei Jahre, keine Frau, das wisse er bestimmt. Sono sicuro, wiederholte er immer wieder, lo giuro. Und er hob, bekräftigend, den Finger. Ich lachte. Finger wurden hier offenbar noch leichter zum Schwur erhoben als in meiner Heimat.

Ich schaute über den Friedhof hinweg auf den See, dessen sanfte Wellen das Schilf unmerklich zittern ließen. Ein guter Ort für einen Toten, dachte ich unwillkürlich und zuckte zusammen.

Lem und ich hatten oft über den Tod geredet, besonders damals, als ich meinen Jüngsten durch einen Verkehrsunfall verloren hatte. An diesem Tag gab ich meine Lehrtätigkeit endgültig auf; wie hätte ich weiter fremde Kinder unterrichten können.

Auch der Gemeindepräsident erwies sich als liebenswürdiger Mann, es schien in diesem Dorf überhaupt nur liebenswürdige Menschen zu geben. Er empfing mich in seinem Büro, sprach sein außerordentliches Bedauern über das Verschwinden des verehrten Professore aus, der soviele Jahre in seiner Gemeinde gelebt, von allen geliebt und gewiß von vielen als einer der ihren empfunden worden sei. Nun, alle Hoffnung sei ja noch nicht verloren. Tausende von Menschen würden jährlich verschwinden, aber einige tauchten lebend wieder auf. Der Gemeindepräsident erlaubte mir, die Wohnung, die nach Lems Verschwinden von der Polizei durchsucht und abgeschlossen worden war, zu benützen. Er beteuerte, er werde alles in seiner Macht Stehende veranlassen, um das Verschwinden des Professore aufzuklären und bat mich, doch gelegentlich bei ihm vorbeizuschauen und ihn zu informieren, falls sich irgendwelche Neuigkeiten ergeben sollten.
Es ging schon gegen Abend, als ich das Gemeindehaus verließ, der Jagdwarenhändler hielt sich beharrlich an meiner Seite, anerbot sich, mit jener Liebenswürdigkeit, die hilflos macht, mir zu helfen, meine Sachen aus dem Hotel in die Wohnung zu bringen. Er führte mich, ständig redend, in den

mittelalterlichen Dorfkern, der sich mit niedrigen ineinander verschachtelten Häusern und schmalen Gassen, mit breiten gepflasterten Stufen hangaufwärts schiebt, ganz oben, von weit sichtbar, eine für das Dorf viel zu große Kirche, ein Backsteinbau, mit einfachen romanischen Formen. Lems Wohnung, an einen Palazzo angeschmiegt, erwies sich als bescheiden. Die Räume waren niedrig, wirkten geduckt, weiße Wände, fast schmucklos. Nur im Arbeitszimmer hingen Zettel, Franz von Assisis Sonnengesang etwa, und Ausschnitte aus den Fresken von Piero della Francesca und Perugino, sowie einzelne Stationen von Giottos Zyklus über das Leben des Franz von Assisi.

Der Jagdwarenhändler folgte mir in jeden der Räume, sah sich aufmerksam um, gemeinsam traten wir auf die breite Terrasse hinaus, ein Boot kreiste auf dem Wasser. Wir sahen das weiße Couvert auf dem Terrassenboden fast gleichzeitig, bückten uns und schlugen beinahe mit den Köpfen zusammen. Ich steckte das Couvert in die Tasche. Eine Weile standen wir schweigend am Geländer, noch immer kreiste das Boot auf dem See, mit der Dämmerung lösten sich die Fledermäuse aus den Zweigen und glitten über uns hinweg; vom kleinen Fischerhafen, der durch einen Scheinwerfer in ein rötliches Licht getaucht war, hörte man das Röhren und Quaken der Frösche. Ich stellte mir vor, wie oft Lem hier gestanden und in die anbrechende Nacht hinausgestarrt hatte: »Umbrische Nacht mit dem Silber von Glocke und Ölblatt. Umbrische Nacht mit dem Stein, den du hertrugst. Umbrische Nacht mit dem Stein. Stumm, was ins Leben stieg, stumm. Füll die Krüge um«.

Ich selber hatte ihm das Celangedicht »Assisi« einmal in einem Brief zugestellt. Ich fand es später, nah bei seinem Schreibtisch, neben einem Portrait von Franz.

Der Jagdwarenhändler räusperte sich, wir kehrten in die Wohnung zurück, er musterte die auf dem Schreibtisch verstreuten Papiere, begann wieder zu reden. Ich unterbrach ihn abrupt, führte ihn zur Tür. Mit höflicher Bestimmtheit gelang es mir schließlich, ihn hinauszukomplimentieren und schloß hinter ihm die Tür. Ich atmete auf, schritt von einem Raum in den andern, die Räume wirkten bewohnt, nichts deutete darauf hin, daß hier einer aufgeräumt und sich davon gemacht hatte. Kleider hingen überm Stuhl, Schuhe standen herum, Brosamen lagen auf Tisch und Boden.

Was tun? Wo anfangen?

Ich setzte mich an den Tisch in der Küche, öffnete eine der Weinflaschen, die herumstanden, Rubesco, Montefalco, San Giorgio, Weine der Gegend. Hin und wieder hatte Lem mir eine Flasche mitgebracht, sie gepriesen, als stammte sie aus dem eigenen Weinberg.

Ich ertappte mich, wie ich, während ich trank, überall nach irgendwelchen Zeichen und Hinweisen suchte, genauso wie ich in den letzten Tagen jedes unserer Gespräche, vor allem unsere letzten, immer von neuem wiederholte, in der Hoffnung, ich könnte ein Stichwort, einen Schlüsselsatz finden, der mir erklärte, was mir, auch jetzt, unerklärlich blieb: Lem war verschwunden, und viele im Dorf schienen ihn für tot zu halten. Vielleicht hing das auch mit der italienischen Situation zusammen, ein Land, in dem kein Tag verging, ohne daß irgendein Verbrechen sich ereignete. Strage, das italienische Wort für Gemetzel, war jeden Tag in den Zeitungen zu lesen; und jede Stadt, ja jedes Dorf hatte seine Piazza della Strage oder seine Strada della Strage, als müßte überall an ein Gemetzel erinnert werden.

Lem ist nicht einer, der zu Kurzschlußhandlungen neigt, so dachte ich wenigstens und denke es noch immer. Wohl jammerte und lamentierte er manchmal mit dem ihm eigenen Hang zu Trübsinn und Schwerenöterei. In solchen Momenten schien es auch, daß er mit seinem bevorzugten Thema, dem Tod, kokettierte, um sich über eine schwierige Situation hinwegzutrösten. Doch diese Wohnung, der Wein, der Blick auf den See und die Hügel zeugen von einem, der den irdischen Dingen sehr wohl zugetan ist.

Und Frauen hatte es in seinem Leben auch immer wieder gegeben. Die Frauen liebten ihn und gaben ihn eines Tages als hoffnungslosen Fall auf. Ich habe manchmal daran gedacht, diese Geschichten aufzuschreiben, mit jener Ironie, zu der er nicht fähig war, wenigstens in diesem Bereich nicht. Ich tat es nicht, weil Schreiben von Geschichten sein und nicht mein Fach war, eine Rollenverteilung, die ich nie hätte ändern wollen. Ich hielt mich an die Geschichte, ordnete vorhandene Fakten zu

einem Bild, das jene Stellen freizulegen versuchte, über die scheinbar das Gras der Vergangenheit gewachsen war.
Und nun scheinen mich äußere Umstände und Ahnungen dazu bewegen zu wollen, Fakten erst zu suchen und festzuhalten, um Klarheit zu schaffen.
Warum zögere ich, mich seinen Papieren auf dem Schreibtisch zuzuwenden?
Meine Schubladen enthalten keine nachgelassenen Manuskripte, sagte er oft. Und nun liegt da dieser Wust von Papieren, Blätter und Bogen.

Der zappelnde Schatten dehnte sich über die Wand. Aus den Nischen wuchsen immer neue Gestalten, wippten im einfallenden Licht.
Osch schoß auf, lauschte, alles still, niemand mehr da, er schaute auf die Uhr, halb zehn, der Bus war längst weg, einen Augenblick ärgerte er sich, was sollte er allein in diesem Landhaus. Er verspürte nicht die geringste Lust, in diesen Hügeln herumzuwandern, staubige Wege, eine unerträgliche Hitze, das nächste Dorf einige Kilometer entfernt, Busse in die Stadt dürften selten sein. Zu dumm, daß er auf die Exkursion verzichtet hatte, das Thema hätte ihn interessiert, wenn bloß die Leute nicht gewesen wären.
Selber schuld. Man hatte ihn rechtzeitig geweckt, ihm nochmals die Abfahrtszeit in Erinnerung gerufen. Er hatte seine Kopfschmerzen erwähnt, sich weggedreht und, nochmals in den Schlaf eintauchend, sein Nichtaufstehen als Sieg über sein Pflichtgefühl gefeiert. Er warf sich den Bademantel über, griff nach seinem Rasierzeug. Wenigstens konnte er nun ungestört duschen und frühstücken.
Er trat ans Fenster, wieder die Sonne über den Olivenhainen, schon beinahe langweilig, diese immer sonnigen Tage, einer wie der andere, er wünschte sich wieder einmal ein Gewitter, dunkle Wolkenberge, einen heftigen Landregen, der die Wege aufweichte und den monotonen Verlauf der Tage störte, den er weit mehr fürchtete als die Aussicht auf die Apokalypse.

Er schlug sich gegen die Brust, lachte, schritt durch den Korridor zum Badezimmer.
Er musterte die auf dem Fensterbrett und im Bidet gleichsam ausgestellten Toilettenbeutel der übrigen Gäste, Männer und Frauen, die ebenfalls hier einquartiert waren. Er selber war spät eingetroffen, hatte mit seinem Zimmernachbarn, einem Doktoranden aus Rom, noch einige Worte gewechselt, und dieser hatte gleich über sein Spezialgebiet zu referieren begonnen, die Verwendung der Zentralperspektive in der Frührenaissance und den Einfluß des Neuplatonismus auf Wahrnehmung und Darstellung. Wie ein Hurrikan, rief der Doktorand begeistert aus, ist diese neue Ästhetik in die Flaute des Mittelalters eingebrochen, diese Werke sind wie große Muscheln, in denen das Meer rauscht, wenn wir sie an unser Ohr halten. Osch war nicht nach Sturm und Meeresrauschen, er langweilte sich, aber es war ihm nicht gelungen, das Referat des Doktoranden abzukürzen oder gar zu stoppen, also hatte er geduldig genickt und über die Schulter des Zentralperspektivisten hinweg seine eigene Perspektive gesucht. Sie hatte ihm den Blick auf drei am Kamin sitzende Frauen geöffnet, die, mit dem Widerschein des flackernden Feuers im Gesicht, sich den Vortrag eines vor ihnen stehenden älteren Herrn anhörten, der sich in schlechtem Englisch, aber mit viel Gestik über den Egoismus als Triebfeder des Renaissancekünstlers ausließ. Neid und Strebertum kennzeichnet sie alle, rief er aus, die Sucht nach Ruhm und Geld. Für Sekunden hatte Osch das Profil der in der Mit-

te sitzenden Frau wahrgenommen, das unscheinbare Gesicht, das jetzt durch eine keck in die Stirn gekämmte Franse auffiel; rot vor bleicher Haut, hatte er gedacht, war zusammengezuckt und hatte gleich wieder diesen Juckreiz registriert, der ihn frösteln ließ und den noch immer dozierenden Zentralperspektivisten zur Frage veranlaßte, ob er sich nicht wohl fühle.

Er hatte abgewinkt, Müdigkeit vorgeschützt und war bald danach zu Bett gegangen, wo er, zu seiner nicht geringen Verzweiflung, eine Wechselwirkung zwischen dem flüchtig wahrgenommenen Profil und dem sich unablässig meldenden Juckreiz feststellte, ein Dilemma, das er nur durch ein hastig geschlucktes Valium vorerst schlaftrunken löste und, zu seiner Erleichterung, ohne böse Träume überstand.

Er schob die Nase an jene Toilettenbeutel heran, die er gleich als weibliche identifizierte, zog erst den Duft eines Joop sandlewood durch die Nase, wechselte dann zu einem Cachet Prince Matchabelli. Betäubung wäre das falsche Wort und Neugier nur die halbe Wahrheit, dachte Osch und tippte die Toilettenbeutel mit seiner Fingerspitze leicht an, als könne er dadurch die Duftpalette besänftigen und den gefürchteten Juckreiz unterdrücken. Es wäre ein reizvolles Spiel, dachte er, sich auf Grund der Duftnoten die Frauen vorzustellen.

Er zog das eigene Duschmittel aus seinem Beutel, drehte den Wasserhahn auf und stellte sich unter den Strahl, prustete, lachte; durch das schmale

Fenster entdeckte er wieder das Spiel der Schatten auf der staubtrockenen Erde.
Hatte er das Öffnen der Tür nicht bemerkt?
Erst als sie vor ihm stand, sah er verblüfft auf und wich erschrocken zurück. Sie ließ, noch ehe er ein Wort der Verwunderung ausgestoßen, den Bademantel fallen, setzte sich auf den Rand am Ende der Wanne und betrachtete ihn mit spöttisch-verlegenen Augen. Er entfernte sich aus dem Strahl und versuchte, in einem Anflug von Irritation und Hilflosigkeit, nach seinem Bademantel zu greifen, erkannte aber gleich die Lächerlichkeit dieser Geste.
Wortlos saßen sie sich gegenüber; in trostloser Nacktheit, dachte er. Zwischen ihnen klatschte das Wasser auf den Wannenboden. Ihre Haut wirkte sehr bleich, das Haar fiel ihr jetzt ungeordnet in die Stirn, ihre Lippen waren leicht geöffnet, als würde sie immerzu lächeln, beinahe unmerklich bewegte sie die Beine, preßte mit unerträglicher Langsamkeit die Knie zusammen und öffnete sie dann wieder, sehr verspielt.
Er hätte später nicht mehr sagen können, wie lange sie so gesessen hatten.
Sie hob das Bein, streckte es aus, bis ihre Zehen den Wasserstrahl erreichten, und beschrieb mit dem Fuß einen kleinen Kreis; naß glänzte die Haut um die Knöchel, wirkte porös.
Mit Leichtigkeit hätte er ihren Fuß berühren können, doch etwas in ihm sträubte sich.
Sie stellte sich unter den Wasserstrahl, seifte sich mit unendlicher Langsamkeit ein, streckte ihm schließ-

lich die Hand entgegen und zog ihn heran. Eine Weile standen sie gemeinsam unter dem Wasser, sie ergriff das Duschmittel, drückte die Tube erst über seinem, dann über ihrem Körper aus, langsam glitt die Duschmasse über die Haut und begann sich unter ihren Händen in Schaum aufzulösen.

Ihre Lippen standen vor den seinen, er blickte in den leicht geöffneten Mund.
Er schwamm auf diesen Wogen von Schaum und Wasser, tauchte ein, erhob sich prustend, wurde weiter getrieben, gewahrte für Sekunden den kleinen Ausschnitt der Landschaft im Fenster.
Wer bist du überhaupt?
Sie sah ihn lachend an, drehte das Wasser ab.
Das weißt du doch genau.
Mit dem Satz erstarb auch das Lachen, ihr Gesicht wirkte jetzt seltsam durchsichtig, und für einen Augenblick erschien es Osch, darin spiegle sich Angst und Verstörung.
Er wandte sich ab.

Osch setzte sich auf den Rand des Bettes, klammerte die Hände an der Matratze fest, seine Haut bebte, fröstelte, ging in jenen Juckreiz über, den er fürchtete.
Diesmal nicht, stöhnte er auf, klammerte die Hände noch entschiedener an der Matratze fest.
Durch das Fenster gewahrte er die Sonne, die steil über den Hügeln stand, die trockene Erde zwischen den langen Reihen der Reben. Er lehnte sich zurück, schloß die Augen: wieder dieses Gesicht. Mit Be-

unruhigung stellte er fest, wie alle Bilder sich auflösten.
Er erhob sich, griff nach seinen Kleidern und zog sich an; mit jedem Stück Stoff wurde er ruhiger. Er trat vor den Spiegel, strich sich das Haar zurecht, verzog den Mund zu einem Lächeln. Für einen Augenblick hatte er das Gefühl, nichts sei passiert. Er zog die Bücher aus der Mappe, blätterte in der Biographie des Malers, genoß das Gefühl, eine Arbeit zu haben, die ihn faszinierte. Er wollte den Tag nutzen, sich draußen irgendwo hinsetzen, lesen, mit Gelassenheit die Rückkehr der andern abwarten und am abendlichen Small Talk teilhaben, sich unter Zentralperspektivisten, Hintergrundsspezialisten und Bildkompositionsfetischisten mischen, sich Exkurse über Farbgebung und Bildteilung anhören, den Interessierten mimen, da und dort ein Bonmot zum besten geben, ein Zitat anbringen, eine ungewöhnliche Frage stellen, kurzum, dabeisein, mitmachen, für einmal. Der Gedanke ließ ihn schmunzeln und mit den Fingern schnippen. Langsam, und doch leicht beschwingt, stieg er die Treppe hinunter, bedächtig und leise.
Er lauschte. Alles still.
Die Tür zum Badezimmer stand offen, er schritt rasch vorüber, trat in den Salon. Niemand zu sehen. Er nahm es mit Erleichterung und einem gleichzeitigen Gefühl der Enttäuschung wahr, blickte um sich, trat durch die offene Tür auf die Terrasse hinaus, die Mittagshitze flimmerte über den Granitstufen, das Licht blendete ihn, er fächelte mit dem Buch vor dem Gesicht.

Auf dem runden Blechtisch standen Gläser, Tassen, eine Schale mit Früchten.
Er setzte sich unter den großen Sonnenschirm, alles still, nur aus der Ferne hörte er von Zeit zu Zeit die dumpfen Schläge einer Axt; er streckte die Beine aus.
Die kalten Wassertropfen, die auf sein Gesicht fielen, schreckten ihn auf, er rappelte sich hoch, wollte aufstehen, doch in dem Augenblick entdeckte er den Schatten auf dem äußersten Rand der Terrasse.
Er zauderte, suchte nach Fluchtwegen, doch die Terrasse war nur durch das Salonportal zu erreichen; ein Sprung über die Brüstung schien nicht ratsam.
Langsam drehte er sich um.
Sie stand in einem bunten Sommerkleid unter dem Vordach. Langsam löste sie sich aus dem Schatten des Mauerwerks, schritt, die kleinen Füße leicht patschend auf den Fliesen aufsetzend, auf den Tisch zu, beugte sich über die Schale, ergriff eine Frucht und schnitt sie mit dem Messer entzwei.
Sie reichte ihm die rötlich schimmernde Frucht, setzte sich zu ihm und lutschte mit schlürfendem Geräusch, sie schien mit Gleichgültigkeit dazusitzen, nur mit der Frucht beschäftigt.
Er sprang auf, wider Willen, wie er sich später sagte, stellte sich hinter sie und ließ seine Hände in ihr Kleid gleiten; sie lehnte den Kopf zurück und umfaßte mit ihren Händen seine Knöchel.

Manchmal saßen sie sich für Sekunden reglos gegenüber, musterten sich, nahmen Zuflucht in bloß angedeuteten Gesten, die Fragen hätten sein können.

Sie lagen auf der Terrasse, immer von neuem in ihr Spiel vertieft, bis ein Geräusch aus dem Garten ihn erschreckte.

Hastig griff er nach seinen Kleidern, rannte durch das Haus und legte sich auf das Bett; erst jetzt wurde ihm bewußt, daß sie kaum ein Wort miteinander gesprochen hatten. Er lag still, schüttelte die Fragen mit dem Schweiß aus seinem Gesicht. Langsam erhob er sich, suchte seine Sachen zusammen und legte sie in die Reisetasche. Unvermittelt blickte er auf. Hatte er die Tür offen gelassen? Sie lehnte, das Kleid nur flüchtig zugeknöpft, am Türrahmen und sah ihm zu.

Ich gehe, sagte er.

Wir entgehen uns nicht, gab sie zurück und wandte sich ab.

Er nahm seine Reisetasche, stieg die Stufen hinunter und verließ das Haus. Der Tag war noch immer heiß, trieb ihm den Schweiß aus den Poren. Er drehte sich nicht um, schritt rascher voran, nach wenigen hundert Metern fühlte er plötzlich ein Bedauern, überlegte, ob er nicht doch umkehren sollte. Nein, sagte er sich trotzig.

Mit jedem Schritt in den heißen Tag hinein stellten sich Bilder der vergangenen Stunden ein, Gesten, vereinzelt, aus einem Handlungsablauf gerissen, zerschnipselte Teile einer Fotografie oder eines Films, die ständig durcheinanderwirbelten. Er versuchte sich irgendwelche Ereignisse, die weit zurücklagen, oder harmlose Alltagsbegebenheiten in Erinnerung zu rufen, um etwas vor diese Bildfetzen zu schieben, sie zurückzudrängen. Seine Augen suchten Halt in der Landschaft, fixierten Bäume, Steine, Wegschneisen, versuchten Pflanzen, Erdschollen, die Form einer Hecke, die Äderung eines Steines wahrzunehmen und aufzunehmen.

Er wünschte sich, er hätte dieses Landhaus nie betreten, dies Gesicht nie gesehen. Seine Haut kribbelte, er beschleunigte seinen Schritt, versuchte, um sich schlagend, dem Jucken zu wehren. Er entdeckte auf einer Anhöhe über dem Weg eine kleine Kapelle aus rohen Bruchsteinen; hastig stieg er den steilen Weg hinan. Keuchend stand er vor dem Portal, legte seine Hand auf die verwitterte Holztüre und stieß sie dann auf, ein schlichter Raum tat sich vor ihm auf, graue Ziegelsteine formten sich zu Rundbögen.

Eine Frau betrat den Altarraum, sie zündete zwei Kerzen an, drehte sich nach dem Besucher um, nickte ihm zu, als hätte sie auf ihn gewartet und verschwand durch die Seitenkapelle.

Osch setzte sich in die Kirchenbank und begann Worte vor sich hinzumurmeln. Aus dem Nebenraum vernahm er Stimmengeflüster, erregt schien es, laut. Die Frau erschien wieder, trug den Meßkelch in der Hand, hinter ihr, humpelnd, eine verkrüppelte Gestalt, der Priester, die Hände spastisch verkrümmt. Vor dem Altar versuchte er sich hinzuknien, neigte sich langsam, sackte zusammen, die Frau griff ihm, nach einigem Zögern, unter die

Arme, half ihm aufstehen und führte ihn hinter den Altar.
»Wir feiern zusammen die Heilige Messe.«
Der Priester blickte auf die Frau, dann, mit bohrenden Augen, auf den fremden Gast im Hintergrund. Osch dachte einen Augenblick an Flucht, doch die Augen des Priesters, die ihn suchten, seine Hände auf dem Altar, gefaltet in der spastischen Verkrümmung, seine Stimme, die das Nomine patri et filii leierte, all dem konnte Osch sich nicht entziehen. Er folgte dem Ritual des Priesters und der Frau, die gut aufeinander eingespielt schienen. Osch sprach die Sätze des Wechselgesprächs zwischen dem Priester und der Gemeinde nach, machte das Kreuzeszeichen, sang die Strophen der Lieder mit. Der Lesung der Frau schloß sich eine kurze Predigt des Priesters an. Seid Täter des Wortes und nicht bloß Hörer, rief der Priester der abwesenden Gemeinde zu.
Osch lauschte den Worten, längst nicht mehr verwundert über das, was sich vor ihm abspielte; manchmal stockte der Priester, fiel aus dem Redefluß, die Frau wandte sich ihm sogleich zu, flüsterte ihm die Sätze ein, mit der Routine einer Souffleuse auf dem Theater.
Osch sah die in der Hitze flimmernde Terrasse, der Priester brach die Hostie, kniete sich hin, mit der mühevollen Langsamkeit des Gelähmten, ließ die Stille der Wandlung dauern, wo zwei oder drei in meinem Namen versammelt sind, bin ich mitten unter ihnen. Der Priester reichte der Frau die Hostie, blickte dann zu Osch, der sich rasch erhob, auf

den Priester zuging, hinkniete, sich die Hostie auf die Zunge legen ließ, um dann in die Kirchenbank zurückzukehren.
Der Priester reinigte den Kelch, reichte ihn der Frau; sie löschte die Kerzen, gemeinsam schritten sie um den Altar herum und verschwanden in der Seitenkapelle. Vom Turm läuteten die Glocken. Osch verharrte noch einige Augenblicke, betrachtete noch einmal die Fresken hinter dem geschnitzten Christusbild.
Dann drückte er die Portaltüre auf, die tiefliegende Sonne blendete ihn, er blieb stehen, spürte noch immer den säuerlichen Geschmack der Hostie auf der Zunge.
Langsam schritt er vorwärts, in die Landschaft hinein, die nun im Talgrund schon in Schatten getaucht war. Und je länger er schritt, zunächst ins Tal hinunter, dann wieder hügelan auf das Dorf zu, desto stärker wurde seine Benommenheit, ging in Müdigkeit über, die sich einschläfernd auf die Bilder des Tages legte und all die Fragen, mit denen er stets alles Erlebte zu ergründen suchte, endlich erstickte.

Triefend von Schweiß, müde und, obwohl er sich das nicht eingestehen wollte, aufgewühlt, erreichte Osch den Dorfplatz. Als er in der Bar erfuhr, daß erst in zwei Stunden ein Bus abgehen würde, bereute er erneut seinen Aufbruch, und ein nicht zu besänftigendes Verlangen unterstrich diese Reue; er trank an der Bar mehrere Gläser Weißwein, wankte schließlich leicht betrunken auf den Dorfplatz hinaus; er fühlte sich von allen Seiten beobachtet und

suchte nach einem Versteck. Er setzte sich auf eine Bank und döste vor sich hin.
Ein plötzlicher heftiger Schmerz schreckte ihn auf, er erhob sich, machte ein paar Schritte.

Als er später im Bus saß, der mit wenigen Passagieren über die kurvigen Hügelstraßen schaukelte, wurde Osch das Gefühl nicht los, er sei ins Schlingern geraten.

Die Stadt ist wie ein großer Atem, sagte sich Osch, heiß und stickig. Aus der Tiefe glitzerten die Scheiben der großen Gewächshäuser wie Leuchttürme im Meer von Staub, in das die Ebene des Valle Umbra im Sommer sich verwandelte und als ockerbraune Fläche über die Hügel hinauswuchs.
Er genoß diesen Ausblick vom Fenster hinunter auf die Gassen, hinein in die verwinkelte Geometrie der Häuser, hinaus ins Land. Und er lachte bei dem Gedanken, daß Grillparzer dieses umbrische Land mit seinen hübschen und gut gebauten Frauen gepriesen hatte, wegen ihrer schönen und vollen Brüste wollte er dort leben und sterben.
Du möchtest nicht sterben, sagte sich Osch. Seit Tagen arbeitete er mit hartnäckigem Eifer an seinem Seminarthema, obwohl er die Texte längst ausgewählt und sich zu jedem Interpretationen zurechtgelegt hatte.
Während er am Fenster verweilte, schob sich unvermittelt ihr Bild wieder dazwischen: sie sitzt da, ohne das Lachen im Gesicht, ohne den Spott, den er immer wahrzunehmen glaubte, still das schmale Gesicht, das so viel zu erzählen schien, fragend der Blick ihrer unruhigen Augen, nicht neugierig, eher schon besorgt oder ängstlich.
Hatte er sie in diesem Augenblick wahrgenommen? Er hörte das Patschen ihrer Füße auf den Steinplatten, sah ihren langen Schatten auf der Mauer, hingegossen über die rohen Steine, und das Räuspern, Hüsteln hätte auch ein Wimmern sein können.

Wieder kroch dies Kribbeln über seine Haut und ging in heftigen Juckreiz über.
Osch schob Texte und Bücher in die Mappe, gab sich den Anschein des Unbeschwerten, erreichte die Universität, scherzte mit Kollegen, die Seminarteilnehmer quälten sich mit dem Expressionismus, schüttelten den Kopf über Trakls Ausdruck von der silbernen Hand, die das Licht löscht. Er half nach mit einem Exkurs über Geschwisterliebe, fand Interesse und Zustimmung und verließ wieder einmal euphorisch die Universität. Keine Spur von rötlichem Haar und bleicher Haut, nichts von Badezimmerobsessionen und Schaumbadvisionen, ein warmer Spätsommertag, und Osch fand sich wieder im Gleichgewicht mit sich selbst. Und dazu gehörte der Prosecco in der Bar, den er sich immer nach dem Seminar genehmigte, bevor er in seine Arbeitsräume zurückkehrte.
Der spritzige Weißwein perlte im Glas.
Als zynisch hatte Matilda, die kleine Schwarzhaarige, Benns frühe Gedichte empfunden, als mitleidlose Kälte.
Er hatte den Arzt im Schriftsteller verteidigt und die scheinbare Kälte als Versuch der Distanzierung gedeutet, was Matilda nicht hatte gelten lassen wollen, sie suchte Mitleid, wo Formprobleme sich stellten. Kunst ist, hatte Osch gesagt, eine Frage der Grammatik und nicht der Gefühle.
Er stellte sich einen Augenblick in die Sonne, dann bog er in die Via Mazzini ein.
Er fand nicht mal Zeit, verblüfft zu sein oder die Straßenseite zu wechseln. Sie trat aus einer der ver-

schatteten Arkaden entlang der Piazza Matteotti und ging so direkt auf ihn zu, daß er beinahe mechanisch ihren Gruß erwiderte, stehenblieb und etwas linkisch den Arm hob.

Überrascht musterte er sie, ihm war, er sähe sie zum ersten Mal, und er war verwundert. Das Spöttische, ja das Überlegene oder gar Triumphierende, das er in ihrem Gesicht wahrgenommen zu haben glaubte, das ihn erst verunsichert und später wütend gemacht hatte, ließ sich nicht finden.

Machen wir ein paar Schritte.

Er wunderte sich später selbst, daß er es gewesen war, der diese Worte gesprochen hatte und daß wie von selbst ein Gespräch sich ergab, das vieles klärte und vieles offenließ.

Was kann man wissen von einem Menschen?

Das fragte er sich später, als er längst wieder über seinen Büchern saß und die Erinnerungsfetzen zu Bildern zu fügen versuchte: eine langsam abfallende Straße mit niedrigen Stufen, die sie zu kleinen Trippelschritten zwang, das Profil ihres Gesichtes im Licht der Lampen, die Bar mit den Blechtischen, die hohen Gläser mit dem Wein, die so dumpf klangen beim Anstoßen, und die Bruchstücke ihrer Geschichte, die er zusammenzusetzen versuchte und doch keinen Faden fand; irgendwann der dunkle Innenhof des Klosters, dessen Portal offenstand; wie oft waren sie um den Ziehbrunnen geschritten? Und später der Kiesweg einer Allee, die Lichter der Stadt, dann Bruchstücke, halbe Bilder, Gesten, die kaum erinnerbar schienen, und Worte, die er nicht mehr glauben wollte, weil er sie

hörte wie von fern, aus fremdem Mund gesprochen und in der Nacht verhallt.
Ihm war jetzt, sie sei einfach dagewesen, so ganz selbstverständlich, in seiner Nähe, als müßte das so sein, als sei es immer so gewesen.
Für einen Augenblick ließ er den Gedanken zu, sie sei eine, der man behutsam begegnen müßte.

Er fand sich in seiner Wohnung, allein und ratlos, schrieb, um zu begreifen, machte Worte und Bilder und fand doch die vergangenen nicht.
Osch wünschte sich, die Nacht würde nicht weichen. Und hätte nicht ein Zettel in seiner Tasche gesteckt, er hätte alles wieder für einen Irrtum gehalten: Via Cavour 18.
Je mehr er nachdachte, desto weniger brachte er die Bilder zusammen. Er liebte Klarheit und haßte alles Dunkle.
Vergeblich schlug er Bücher auf, zwang sich an den Schreibtisch, er fand nicht zurück in seinen Tag.

5 Eine Frau

Der Schreibtisch wackelt, wenn man sich zu sehr vorbeugt; zwischen den Papieren schimmert das dunkelbraune Holz, das voller Kerben ist, ein Karton hat als Schreibunterlage gedient, Kugelschreiber liegen herum, Bleistifte, eine Leimtube. Lem hat geschriebene Zeilen immer wieder überklebt, nochmals überklebt. Es dauerte lange, bis er endlich sich dazu entschließen konnte, das Geschriebene zu tippen, ihm gefielen die mehrfach überklebten, handgeschriebenen Seiten.

An der Wand hängt, zu meiner Überraschung, ein katholischer Missionskalender. Lem hatte sich oft über seine streng calvinistische Erziehung beklagt, die ihm eingetrichtert habe, das Leben als eine zu begleichende Schuld zu verstehen. Der Kalender verzeichnet die Feiertage, die Mondphasen, und enthält an jedem Tag die Namen der Heiligen; aufgeschlagen ist der Oktober, zwei Monate nach unserer letzten Begegnung, die Namenstage des Franz von Assisi am 4., und der Theresa von Avila am 15., dazwischen, am 7., das Rosenkranzfest, am 24. hat er ein Kreuz angebracht, Merkzeichen, Hinweis? Das Blatt enthält einen Vers der Mechthild von Magdeburg: »Ich kann nicht tanzen, Herr, es sei denn, du führtest mich. Dann aber tanz ich in die Liebe, aus der Liebe in die Erkenntnis, aus der Erkenntnis in den Genuß, aus dem Genuß tanze ich über alle menschlichen Sinne hinaus. Dort will ich bleiben, obwohl ich hier noch weiterschreiten muß«. Gleich darunter ein paar weitere Zeilen. »Jedes Sehnen, das aufbricht, macht offen, wir vernehmen Kassandras Stimme, ahnen Vorzeichen und glauben, es sei zwingend, danach zu handeln«.

Nun fiel mir auch auf, daß beim aufgehängten Celangedicht die Schlußzeilen fehlten.

Das alles kann von Bedeutung oder auch purer Zufall sein, ich neige, seit ich hier bin, dazu, in alles, was ich finde, etwas hineinzulesen, auch in diese Papiere, die herumliegen, vollgeschriebene Seiten, Auszüge, Zusammenfassungen, Studien, darunter auch solche zur Lyrik und zum Leben Celans, das ihn immer wieder beschäftigt hatte. Lem und ich waren damals, 1970, nach der Meldung von Celans Tod, spontan nach Paris gefahren, um in der Stadt jenen Orten nachzugehen, an denen Celan sich bewegt hatte, die letzte Wohnung an der Avenue Emile Zola und jener kurze Weg zum Pont Mirabeau.

Warum nicht Pont Danton? fragte Lem.

Wir schritten die Stadt nach diesen Spuren ab, als könnten wir auf diese Weise Aufschluß über dieses Leben gewinnen, das mir gefährlich zur Legendenbildung angelegt schien. Auch wenn ich mir heute diese Reise nur mit unserer damaligen jugendlichen Unbefangenheit erklären kann, war sie doch für uns beide wichtig. Es war unsere erste gemeinsame Fahrt. Und sie trug viel dazu bei, daß aus unseren bisher eher zufälligen Begegnungen jene intensive Auseinandersetzung wurde, die weit über das Studium hinaus all die Jahre weiterging.

Aber kenne ich Lem deshalb wirklich? Seit ich hier bin, wachsen meine Zweifel.
Vom Schreibtisch kann man, sieht man auf, über die roten Ziegeldächer hinweg, einen Ausschnitt des Sees wahrnehmen, die Hügel, die am Ufer ansteigen.
Meine anfängliche Neugier weicht immer mehr einem Bangen, das die Erinnerungen an die schlimmsten Monate meines Lebens weckt.
Ich habe die alte Frau, die mich sprechen wollte, nicht mehr finden können. Der Jagdwarenhändler gab vor, nicht zu wissen, wo sie sei, niemand wollte es wissen, auch in der Bar gab keiner Auskunft.
Ich wäre nicht überrascht, wenn Lem eines Tages vor der Tür stünde, sich an den Tisch setzte, Wein einschenkte und zu reden begänne, als sei nichts passiert, und er könnte meine Aufregung nicht verstehen.
Heute früh bin ich durchs Dorf und zur Kirche hinaufgegangen, habe mich auf eine der Holzbänke gesetzt, ein kahler, beinahe leerer Kirchenraum, kein Schmuck, der Altar niedrig, einfacher Marmor aus der Gegend. Ich erschrak, als mich ein Mann anstieß, ich hatte ihn nicht bemerkt, und ich war mir im ersten Augenblick nicht sicher, ob es der Pfarrer oder der Küster war. Ich folgte ihm durch den Mittelgang, am Altar vorbei in einen kleinen Seitenraum, kahler weißer Gips, ein Kreuz an der Wand, zwei Stühle in einer Nische, nichts weiter.
Er schüttelte mir die Hand, natürlich hatte auch er Lem gekannt, der Professore sei manchmal in die

Kirche gekommen, nicht zum Gottesdienst, immer nur für sich, in die leere Kirche; einige wenige Male sei er allerdings auch zur Messe gekommen.
Er bedeutete mir mit einer Handbewegung, mich zu setzen. Er sei hier der Küster, der Pfarrer wohne unten, in Monte del Lago, das auch zur Kirchengemeinde gehöre, wie Montecolognola und San Savino, der Pfarrer sei immer unterwegs und deshalb sei er, der Küster, wider Willen, wie er betonen müsse, zu seinem Stellvertreter geworden.
Ich sei also, sagte er nach einer Weile, der Freund des Professore. Sein Verschwinden stelle auch für ihn ein Rätsel dar, unglaublich und unerklärlich. Er möchte, es sei ihm wichtig, alles beitragen, was vielleicht helfen könne, eine Spur zu finden. Die Eufemia habe mich gesucht, die Frau, deren Tochter, nein, nicht die alte Simona, die habe auch eine Tochter, die Eufemia, die habe mich sprechen wollen.
Ob sie mich etwa schon gesprochen habe?
Ich schüttelte instinktiv den Kopf.
Er müsse mich ausdrücklich vor der Eufemia warnen, sie sei unglücklich wegen ihrer Tochter, wie die Simona auch. Beide Töchter seien in der Stadt und kämen nicht mehr nach Hause. Da der Professore häufig nach Perugia gefahren sei, um Bücher auszuleihen und diesen Deutschen an der Universität zu treffen, habe die Eufemia wohl gehofft, über den Professore Kontakt zu ihrer Tochter zu finden. Und nun komme sie wohl zu mir mit diesen Geschichten und stifte Verwirrung.
Darüber solle er sich keine Sorgen machen, entgeg-

nete ich knapp. Er habe ja bloß darauf hinweisen wollen, daß die Eufemia, wie alle Unglücklichen, zu Übertreibungen neige. Er wolle Gerüchte verhindern, weil er den Professore geschätzt und oft mit ihm gesprochen habe, nicht in der Kirche, aber draußen auf dem Platz. Gemeinsam hätten sie die Aussicht auf den See, das Licht über den Hügeln, das umbrische Land genossen.
Ich erhob mich, der Küster redete weiter, schritt hinter mir her durch die Kirche. Er schwieg erst, als er die betenden Frauen sah. Wir standen eine Weile versonnen auf dem Kiesplatz. Von hier oben habe er, fing der Küster nochmals an, jeweils in der Nacht das Licht im Arbeitszimmer des Professore gesehen, bis weit in die Nacht hinein habe er gearbeitet. Ich nickte, abwesend; all diese Namen, die der Küster erwähnt hatte, schwirrten mir im Kopf herum und machten mich mißtrauisch. Was verbargen die Dorfbewohner, wovor fürchteten sie sich?

Ich stand, als er sich verabschiedet hatte, noch eine Weile auf dem Platz, sah hinunter auf den See, dann auf Lems Fenster. Wie oft hatte er erzählt, daß er manchmal das Gefühl habe durchzusacken, als falle er aus allem heraus, wie einer durch die Kruste der Erde bricht. Ganz unerwartet stellt dieses Gefühl sich ein; vielleicht gehst du ahnungslos am Ufer entlang, freust dich über das Farbenspiel der untergehenden Sonne auf den Wellen, du stehst gebannt, folgst den kleinsten Veränderungen des Lichts, du freust dich an dem Schauspiel, deine Augen malen das Bild mit, und dann, vielleicht ist es die Form eines Schattens oder das besonders grelle Orange eines Wolkenstreifens, vielleicht auch bloß ein harmloses Alltagsgeräusch, du weißt nicht, was es ist, aber du fällst, schwankst, kannst nicht weiter, als hätte jede Gewißheit sich verwischt. Oder du sitzt unter Freunden, man scherzt, reißt Witze, bricht in Gelächter aus, und mit einemmal, vielleicht in jenem Sekundenbruchteil, in welchem ein Gelächter ausgeklungen und der nächste Witz noch nicht ausgesprochen ist, ein Mund hebt schon zu reden an, in diesem Augenblick, bis der erste Laut die Stille bricht, kann dies Gefühl überhand nehmen, du kannst keinen Satz mehr hören, stehst unvermittelt auf, verstört, zum Erstaunen aller, die um dich sind und dir verständnislos nachschauen. Und wieder glaubst du, dich nicht mehr bewegen zu können, ohne zu stolpern.

Ich ließ ihn jeweils reden, hörte zu. Was hätte ich sagen sollen? Ich kannte seine Art, sich in trübe Stimmungen hineinzusteigern. Ich habe oft versucht, ihn aufzuheitern, das Gespräch auf anderes zu lenken. Auch damals, bei unserer letzten Begegnung in Mailand, deutete er eine solche Stimmung an. Nicht anders als sonst. Und ich reagierte nicht anders als üblich, spielte das Gesagte herunter, erwähnte irgendeine Beiläufigkeit, die dem Gespräch eine andere Richtung gab. Hätte ich anders reagieren sollen?

Ich nahm den schmalen Weg hügelaufwärts, rechts und links Olivenbäume, geborstene, verkrüppelte

Stämme, die kaum mehr in der Erde verwurzelt schienen, und dennoch entfaltete sich die Krone in kräftigem Grün.

Der Weg steigt steil an, jeder Schritt weitet den Blickwinkel über See und Hügel, und wenn der Dunst die Ufer verwischt, wird der See weit, man könnte sich das Meer denken.
Über dem Olivenhain biegt der Weg in einen Wald ein, Hecken und Bäume wuchern durcheinander, eine kleine Lichtung gibt den Blick frei auf den See, auf die Terrasse von Lems Wohnung, das Fenster vor seinem Pult –

Er setzt sich, streckt die Beine aus, wendet sich seinen Papieren zu, schreibt, verwirft. Wenn man sich einmal für diesen eigenartigen Beruf entschieden hat, sagte er, kommt man davon nicht mehr los.

Graue Bogen 5 (Februar 95)

Madonna in Purpur

Kostproben des Frühlings nennt die Zeitung diese warmen Februartage, und sie gibt der Hoffnung Ausdruck, die kalte Jahreszeit, la brutta stagione, sei vorbei. Die Bauern sind draußen, schneiden die Olivenbäume, brechen die Erde für die Aussaat um. Das Licht überm See dringt schiefergrau durch den Morgennebel, weckt die Kamillenblüte, den Oleander.

Nichts tun, als diese Blicke durchs Fenster zu werfen, sich zu versichern, daß wieder ein Tag ist; an keine Leidenschaft denken, die verzehren könnte, zum See gehen, den Kai entlang unter den Bäumen. Alles still, wie in der Nacht. Vor Ostern treffen keine Gäste ein, die Einheimischen sind unter sich, lümmeln an der Bar herum, trinken nichts, zum Ärger des Barmannes, der auch im Winter leben will, seine Frau erwartet schon das zweite Kind. Die Fischbestände im See sind weiter zurückgegangen, klagt Romano, das Fangverbot ist verlängert worden, eine Katastrophe. Und er flucht und wettert, die Übel der Zeit, nichts als Probleme, auf dem Land, in den Städten und im eigenen Leben.

Beim Gehen sind die Schmerzen erträglich, die Angst verliert sich. Später einige Zeilen schreiben, das hält die Zeit auf. Das hilft dem Vergessen.

Erfolg, Ruhm? Ist ihm das zuteil geworden, dem Maler aus dem Tibertal? Oder bloß Achtung? Ansehen draußen in der Provinz, in Arezzo, Urbino, Rimini, im Borgo. Und die Zentren, Rom, Florenz? Was galt er da?
Bilder, die nichts verraten als die Arbeit, die sie hervorbrachte. Immer neu dieser Schritt vom Gedanken, von der Vorstellung hinaus zum Bild, das aus den Widerständen des Materials sich ergibt. »Die Kunst muß malen,« sagt Conti, »wie sich die plastische Natur – wenn es denn eine gibt – das Bild dachte: ohne den Abfall, welchen der widerstrebende Stoff unvermeidlich macht... Ha! daß wir nicht unmittelbar mit den Augen malen! Auf dem langen Weg, aus dem Auge durch den Arm in den Pinsel, wie viel geht da verloren!«

Hochaufgerichtet steht sie, reckt sich empor, ein kindliches Gesicht, sehr jung und sehr ernst, den Blick unter gesenkten Augenlidern kaum wahrnehmbar nach unten gerichtet, eine schlanke Gestalt im roten weitausgeschnittenen Kleid; ein schwarzer Gürtel, lose um die Hüften geschnürt, faßt den Stoff zu großen Falten. Der blaue Mantel über den Schultern, eine modische Kotte, wird von den erhobenen Armen weit ausgespannt, wie ein Zelt, um die zu ihren Füßen Knienden zu schützen –

Ein wenig theatralisch diese Geste, brummt der Meister, der seine Verstimmung über die heimlich ausgeführten Skizzen des Gesellen nur schlecht un-

terdrückt. Zu verhalten, zu starr in dieser frontalen Symmetrie, als wäre es von Gaddi, diesem Stümper, so hat man im vergangenen Jahrhundert gemalt, schau er sich nur seine Kreuzeslegende in Santa Croce an, ein verklärtes Bilderbuch für keusche Jungfrauen.
Den Gaddi mag der Meister nicht, ein Blender, ohne Sinn für die Tiefe des Raumes. Er malt die Welt, wie sie Gott erschien, nicht wie er sie sah. Man muß die Zwänge brechen, auch da, wo sie durch das Motiv vorgegeben sind.
Der Unmut des Meisters steigert sich zum Ärger; verächtlich blickt er auf den Entwurf.
Zentralsymmetrie. Und wo bleibt die Bewegung, die Lebensfreude, der Genuß des Daseins?
Wie ein Fluch kommt ihm die Frage über die Lippen, so heftig wie das Sodbrennen, das ihn plagt. Die Arbeit kommt nicht voran, das Leinöl im Gips bewährt sich schlecht. Und überhaupt, er braucht diesen Gesellen, dem bleibt noch Zeit genug für eigenes Tun. Das sagt er nicht, blickt auf den Entwurf. Völlig zentral ist die Perspektive ja nicht, um genau jene Kleinigkeit verschoben, welche die Regel sprengt, ohne sie zu verleugnen.
Kennt er dieses Gesicht? Diese Kindfrau mit Stupsnase. Wangenreine Unschuld, makellos jungfräulich und geschlechtslos, mit diesem Zug von Strenge, wie er für diesen Gesellen üblich ist, immer zu derb geraten ihm die Frauen, als wären sie Männer. Der weiß nichts von Weibern.
Doch dann lächelt der Meister. Gar nicht übel dieses Gesicht, wenn man das Sodbrennen vergißt,

diese hohe Stirn und die Wangen lassen es eher weich erscheinen, die Herbheit um Mund und Augen wirkt seltsam anziehend, seiner Heiligen Anna im Prato nicht unähnlich. Am Ende doch eine heimliche Geliebte, die der junge Geselle zur Madonna verklärt? Oder eine von denen unten am Fluß, die er unablässig zeichnet, statt ihre Brüste zu kneten?

Der Geselle schüttelt den Kopf.

Ein Gesicht trägt immer die Züge aller Frauen.

Was weiß er von Frauen? Die Assunta wird ihm Modell gestanden haben.

Die auch. Aber auch die Cinzia drüben am Markt.

Und wohl auch die Elisabetta und die Lucia und die Caterina und die Anna Maria? Und der Ilario und der Orazio?

Nun lächelt auch der Geselle.

Sie alle; man muß die Frauen und die Männer kennen, um sie zu malen, in jedem Gesicht sind tausend Gesichter, so hat es der Meister gesagt und hat tausend Frauen geliebt.

Hat er das?

Dieser Geselle behält auch jeden Satz.

Die Gruppe der Knienden gefällt dem Meister, das sind Menschen, wie er sie liebt, Männer und Frauen in der Tiefe des Raumes, ländliche Gestalten in bunten Stoffen, bewegte Gesichter, Angst, Erwartung bei den einen, grinsende Neugier und Staunen bei den andern, und dieser schwarze Kapuzenbruder wirkt wie der böse Geist aus der Tiefe. Da scherzt er und bringt gleich noch das eigene Gesicht ins Bild, dieser Kehlkopf über dem

roten Stehkragen, das hätte er lieber bleiben lassen, er ist doch kein Büßer zu Füßen der Madonna. Zuviel Eitelkeit, knurrt der Meister.
Er hat sich selber nie dargestellt und wird es auch nie tun.
Der Meister wendet sich schon ab, will endlich seine Arbeit tun. Dann dreht er sich nochmals um, zeigt mit dem Finger auf den Entwurf.
Dieser Goldgrund, muß das sein?
Es muß nicht, aber so verlangen es die Brüder, kein Indischgelb, das an Urin erinnert, viel Gold und echtes Purpurrot, eine Bedingung.
Nun stockt der Meister.
Er hat also einen Auftrag?
Ein Altarwerk für die Misericordenbrüderschaft im Borgo. Ein Entwurf ist schon gefertigt, sagt der Geselle und öffnet den zweiten Karton, verweist auf die Kreuzigung über der Madonna.
Der Meister gibt sich verärgert.
Der Bacci hat Wort gehalten und dafür gleich Verewigung erfahren, wie ich sehe, die Nase ist unverkennbar.
Der Entwurf für die Mitteltafel, wirft der Geselle rasch ein. Der Meister seufzt.
Ein wahrer Wüstensohn, dieser Johann Baptist und ein nackter Sebastian, von Pfeilen durchbohrt, gibt sich als echter Bauernsohn, mit Sehnen und Muskeln und scheint ganz vergnügt mit den Pfeilen im Leib, ist ja auch schön das Blut, das so zierlich tropft. Das scheint auch dem Heiligen Franz zu gefallen, eine echte Männergesellschaft, breitschultrig und bodenständig.

Er spottet, entrüstet sich der Geselle.
Im Gegenteil, nicht übel, die Männer jedenfalls, die trifft er genau, und zu den Frauen wird er wohl auch noch finden, es müssen ja nicht tausend sein. Dieser Geselle hat gelernt, er scheut, das verrät den unabhängigen Geist, auch keine Anleihen, sucht das Eigene und zeigt nie, wie sehr er sein Handwerk beherrscht. Die Tafel wird sein Erstlingwerk, er wird viel gelobt werden, wie jeder Neuling, und als Versprechen für die Zukunft gelten.
150 Florin sind ihm versprochen, das erste Geld.
Der Meister zeigt sich beeindruckt.
Ganz ordentlich für den Anfang. Er wird uns also verlassen.
Der Geselle nickt.
Der Abschied von der Stadt wird ihm nicht schwer fallen, seine Welt ist der Borgo, das Tibertal und die umbrischen Hügel. Die Skizzenhefte sind gefüllt, an Aufträgen wird es nicht mangeln, eine Taufe hat er skizziert.
Noch ein Projekt?
Nichts Konkretes, ein möglicher Auftrag der Grazianis, eine Familie aus dem Borgo, für ein Altarwerk in San Giovanni Evangelista, man wird sehen.
Der Meister schweigt. Unheimlich wird ihm dieser Geselle. Der wird seinen Weg machen, das wußte er schon immer, aber so schnell, damit hat er nicht gerechnet.

Ein gemaltes Bild, ein Erstling, dann wieder nur Mutmaßungen, Annahmen, Möglichkeiten. Die

Pest unterbricht eine Arbeit in Loreto, eine Reise führt den Maler möglicherweise erstmals nach Rom, darauf deuten Portraitskizzen aus Santa Maria sopra Minerva, eine Spur führt nach Rimini, wo ein Fresko von Sigismondo Malatesta erhalten und eine Geldrückforderung der Barmherzigen Brüder aus dem Borgo eingetroffen ist, weil die Altartarfel nicht beendigt worden war; in Ravenna hat er möglicherweise das Mosaik mit der Kaiserin Theodora und ihrem Gefolge studiert und es später für die Darstellung der Königin von Saba verwendet: gut geklaut ist besser als schlecht erfunden.

Der Maler ist wieder vor dem schwarzen Tod geflohen, hat sich im Bild unter den schützenden Mantel der Madonna von der Barmherzigkeit gestellt und unter ihren Augen zu einem Lächeln gefunden: das erste Selbstbildnis des Malers.

Mit den Augen malen

Die Abende werden wieder hell und klar, der See riecht nach Frühling und Verweilen, die Männer sitzen am Ufer, noch eingehüllt in dicke Joppen, die Hände in die Taschen gesteckt, aber wieder draußen im Gespräch.
Manchmal setze ich mich zu ihnen, höre zu, folge den Gesten, stelle Fragen, bin drin im Gespräch und könnte mir einbilden, ich gehörte dazu.
Alle im Dorf sprechen von der Tochter der alten Simona. Entführt, jammert die Alte fast täglich, verflucht den Täter, den Verführer, wie sie sagt, ein junger Mann aus Corciano, mit Lederzeug und Mofa, un sfruttatore, wettert sie. Durchgebrannt sei die Tochter, munkeln die Fischer in der Bar, und einer senkt den Daumen. Immer wieder verschwindet einer oder eine aus dem Dorf am See, wird irgendwann in der Stadt gesehen, heruntergekommen, bei den Elendsgestalten auf der Piazza Euclide. Letzten Monat haben sie einen beerdigt, aus San Savino, die Polizei hatte ihn gefunden, im Park neben dem Roccabogen. Eine üble Zeit; das Dorf wird alt, die Jungen verwildern, die Alten verkümmern. Sie wettern über Wohlstand und Luxus, über die Regierung, die nichts taugt. Tutti ladri, heißt es von den Politikern, die sind an allem schuld. Die alte Simona bittet jeden, der in die Stadt fährt, nach ihrer Tochter zu sehen, sie heimzubringen. Jeder verspricht es, und jeder weiß, sie

kommt nicht. Nicht lebendig jedenfalls, knurrte Romano, bekreuzigte sich und bedauerte die Mütter mit ihren mißratenen Töchtern, die an den falschen Mann gerieten, süchtig oder vorzeitig schwanger würden. Töchter sind das Leid der Mütter, sagte er, und Söhne der Stolz der Väter.

Das Leben am See, mitreden über Fangquoten, Schutzzonen, Wetteraussichten.
Dann wieder am Schreibtisch: *»alte Themen, vermischt mit den Aufzeichnungen des Tages ... Und der dünne Faden einer unbedeutenden Geschichte, die sich noch aufdrängt, man weiß nicht warum«*.

Der Jude klettert, den am dreibeinigen Gerüst aufgehängten Strick um den Körper geschlungen, aus dem Brunnen, in den man ihn, auf Befehl der Helena, der Mutter Konstantins, geworfen hat, weil er sein Geheimnis nicht preisgab: den Ort, wo das Holz des Kreuzes versteckt war. Die Hand des Häschers greift in sein Haar, zerrt daran mit aller Kraft; mit unbeteiligtem, bleichem und wächsernem Gesicht führt er seine Quälereien aus, kühle Grausamkeit, ohne Regung, die Augen blicklos, den zum Schlag bereiten Stock nah am Fuß des Opfers, keine Leidenschaft, kein Eifer, kein Schrei des Opfers, kein Fluch des Täters, ein unscheinbarer Hinweis will ihn auszeichnen als einen, der im Namen des Rechts handelt.
Ein früher Entwurf, eine Empfehlung.
Der Kardinal von Santa Sabina, Metropolit von Nicäa und Protektor des Franziskanerordens mel-

det mit dem Gewicht all seiner Titel seine Bedenken an.
Ein junger Mann mit wenig Erfahrung, wie soll der das Werk eines bestandenen Meisters zu Ende führen, den Anforderungen der Kirche, der Politik, den Zeichen der Zeit gerecht werden.
Die Kunst, sagt der Kardinal, muß eine Antwort geben auf die Fragen unserer Zeit, muß ans Wirkliche rühren.
Sein Begleiter, Kleriker der päpstlichen Schatzkammer und Förderer des Malers, möchte widersprechen. Doch er schweigt, verweist auf die Kopie der Altartafel.
Diese Madonna der Barmherzigkeit, Kardinal, ist das frühe Werk einer großen Begabung. Der junge Franceschi ist das Versprechen für die Zukunft, kühner in der Komposition als der alte Bicci. Der Mann aus dem Borgo ist der Maler, der die Zeichen der Zeit nicht nur liest und deutet, sondern sie schafft, distanzierte Kälte, die nur komponiert und darstellt, die Emotion unterläßt und sie gerade dadurch im Betrachter weckt.
Der Kardinal lächelt.
Euch hat er gut getroffen, geborgen unter dem Mantel der Madonna, das Abbild schmeichelt dem Modell.
Nun lächelt auch der Kämmerer.
Wer mit den Augen malt, verliert nichts von dem, was er sieht.
Und malt mehr, als er sieht?
Die Zweifel des Kardinals sind nicht ausgeräumt.
Ein Bild ist schon manchem gelungen, große Ver-

sprechen, die uneingelöst bleiben, haben wir genug.
Die Augen des Kämmerers blitzen auf.
Ihr vergeßt die Taufe, die er in seiner Heimat, im Borgo San Sepolcro, gemalt hat. Da wird der Erlöser ein Mensch, nackt ausgesetzt, in sich gekehrt, ein heutiger Mensch. Jenseits des Jordan erhebt sich eine Stadt im Tibertal, das Gestern im Heute, das Vergangene im Gegenwärtigen, das Wunder im Alltag, der Fluß steht still, das Licht bricht in den Tag, verscheucht Nacht und Finsternis; Nox und Tenebrae, wiederholt er, in diesem Licht ist die Zeit aufgehoben –
– und die Gelehrten tragen schöne Gewänder, reden, gestikulieren und begreifen nichts, die Herren der Welt, die, verblendet und eitel, nicht erkennen, was vorgeht. Eine Anspielung?
Gewiß nicht auf uns, da kennt Ihr den Franceschi schlecht, Pharisäer und Schriftgelehrte mag der gemeint haben, nicht uns Heutige. Diese Taufe, Kardinal, die Einsamkeit des Menschen in der Welt, Tod und Wiedergeburt, das ist die Kunst, die wir uns wünschen, die Sprache, nach der wir uns sehnen, die Einheit von Imagination und Wirklichkeit.
Zu große Worte, Kämmerer. Was für die Provinz sich ziemt, taugt noch lange nicht für die Stadt, nicht jeder Provinzler hat das Zeug zum großen Künstler.
Der Kämmerer, selbst auch aus der Provinz, unterdrückt seine Empörung.
Oft wächst in der Provinz, was in der Stadt sich bewährt, denkt an Alberti und Bracciolini, die

kommen aus dem Valdarno, tiefste Provinz und höchste Begabung.
Das sagt Ihr, aber was euren Franceschi betrifft, Ihr kennt seine Herkunft?
Eine gute Familie, der Vater und die Brüder sind in hohen Ämtern der Kommune, die Kinder haben die besten Hauslehrer gehabt, die kennen ihren Platon und Homer im Original.
Und wie hält er es mit der Kirche, lieber Bacci?
Macht Euch keine Sorgen, Kardinal, sein Handwerk hat der Franceschi in Florenz, kirchlich und gründlich, in der Werkstatt von Domenico, dem Venezianer, gelernt und seinen Meister übertroffen. Schaut euch nur die Fresken in Sant'Egidio an, und Ihr seht den Himmel auf Erden.
Die Fresken sind das Werk Domenicos, nicht seines Gehilfen, bleibt mir bei der Wahrheit, Kämmerer.
Und wenn der Meister erst durch seinen Gehilfen groß wäre?
Ihr spielt mit hohem Einsatz, Kämmerer, wir brauchen einen, der die Zwänge der Tradition zu verbinden weiß mit den Forderungen des Tages und der formalen Kühnheit des Zukünftigen, keine Bilderbücher in der veralteten Art der nordischen Goten, nicht dieser Wirklichkeitsmangel und Erfahrungsschwund, sondern Visionen, die Sehnsucht nach dem Wahren.
Der Kardinal wirft begeistert die Arme in die Höhe, seufzt dann, macht einen Schritt, hebt leicht die Hand und tippt den Kämmerer an.
Gewiß wollen wir die getreuliche Nachbildung der Geschichte vom Kreuz, aber mit heutigen Augen

gesehen, mit unseren Augen, Kämmerer. In solchen Zwängen bewährt sich die große Begabung.
Der Kämmerer nickt.
Die Kunst lebt vom Zwang und stirbt an der Freiheit, keiner weiß das besser als der junge Franceschi, Kardinal. Die Königin von Saba, die Sibylle aus dem Reich des Südens, wird Salomon begegnen, ist ihm bestimmt als tausendste Frau; da trifft sich die alte Weisheit mit der neuen, eure Kirche mit der unsrigen; in diesen Bildern fällt die Zeit zusammen, vereinen sich die Jahrhunderte vom Parthenon zum Pantheon, vom Tod Adams bis zur Aufrichtung des Kreuzes, von der Vergangenheit zu unserer Gegenwart, das ist die wiedergefundene Größe der Alten, Anmut und Genauigkeit, das nennen wir die Moderne, la buona maniera moderna.
Der Kämmerer lächelt.
Die glorreiche Moderne, Kardinal, sie läßt uns die maniera tedesca endlich vergessen.
Das traut Ihr ihm zu?
Keinem mehr als diesem, sagt, noch immer lächelnd, der Kämmerer, streiten wir uns nicht, ich stell Euch den Maler vor, Ihr werdet sehen, er kennt den Lukrez und Horaz, und er weiß um die Wünsche der Kirche.
Ihr versprecht den Himmel, Kämmerer, und vergeßt die Tücken des Irdischen.
Ihr erwartet gutes Handwerk, Kardinal, und ich zeig Euch Genie.

6 In der Stadt

Auf dem Schreibtisch liegen, mit manchen Lesezeichen versehen, eine Reihe von Reiseführern: Gregorovius' Wanderjahre in Italien, Edschmids Reisetagebuch von Verona bis Palermo, historische Bücher über Umbrien und Latium, Artikel und Bücher über den Kult der italischen Sibylle und ihrer Grotte in den Bergen. Dantes Divina Commedia, eine kommentierte Ausgabe der Gesänge Leopardis, mehrere Bücher über Piero della Francesca, überall stecken Notizzettel, in den Büchern sind Sätze und Abschnitte unterstrichen, eine Flut von Arbeitsmaterialien: abrufbereit. An der Wand hängen die Bilder des Franz von Assisi und des Fra Jacopone, Mönche mit knochigen Gesichtern.

Lem sitzt da, denke ich, den Oberkörper leicht vorgeneigt, den Stift in der Hand, das Papier vor sich, blank und unberührt, so blank, daß ihm bang wird, er schaut auf, das gebrochene Licht überm Wasser zeigt Dämmerung an, auf den benachbarten Kiefern setzt das Gekreisch der Vögel ein, ein dichter Mückenschwarm schwebt vor dem Fenster. Er sucht nach dem ersten Wort, einem Satz, dreht sich im Stuhl hin und her, erinnert sich an ein Gesicht, eine Szene, sucht nach Worten, wie das darzustellen wäre, sucht nach dem eigenen Ton. Nichts ist schwerer als das, sagte er, darüber brüten wir stunden- und tagelang. Saß er da, an diesem Tisch, brütend, ratlos, den Stift in der Hand?

Warum zögert er? Ist den Gedanken nicht zu trauen, die sich einstellen. Geraten sich wieder einmal das Leben und das Schreiben in die Quere?
Er steht auf, macht ein paar Schritte, hört den Lärm von der Straße, er tritt an die Haustür, will sie öffnen, verwirft den Gedanken, er kann nicht schon wieder ins Dorf gehen, schon zweimal hat er heute an der Bar gestanden, hat sich in Gesprächen verloren. Er zwingt sich an den Schreibtisch zurück, will den Faden weiterspinnen, den er gestern aufgenommen hat: den Weg durch die Stadt. Er greift nach dem Stadtplan, um sich Straßennamen herauszuschreiben, seine Hand berührt einen braunen Leinenband, er zögert, zieht ihn dann aus der Reihe, schlägt ihn auf, liest ein paar Zeilen, der Rhythmus der Sätze bleibt haften, er legt den Band zurück, schüttelt den Kopf, die Sätze lenken ihn nur ab, helfen nicht weiter. Er drückt den Stift aufs Papier, schreibt rasch einige Wörter untereinander, wie eine Leiter. An die will er sich halten, Merkpunkte, Haltepunkte, ein Gerüst, so geht er immer vor, so verknüpfen sich die Gedanken, tun die Bilder sich auf, reihen sich aneinander, und er ist in dieser andern Welt, da läßt er einen durch die Stadt gehen, diesen andern, der er nicht ist, der er sein könnte, er kennt ihn genau, sieht ihm zu, als sähe er sich selber zu, sie bleiben sich nah, zu nah, er stößt ihn von sich, läßt ihn sagen, was er selber nie sagen würde, aber vielleicht auch schon gesagt oder gedacht hat oder einmal sagen möchte. Er verwirft den Satz, schreibt ihn neu, er überlegt, mutmaßt, was der andere jetzt tun, denken würde,

er kriecht in die Situation hinein und bleibt doch Beobachter.
Über diesem Spiel, den Gedanken und Mutmaßungen, ist die Dämmerung in die Nacht gefallen.
Du stehst auf, in der Ferne blinken die Lichter, die Frösche im Hafen sind laut, ein Boot fährt hinaus.
Du überfliegst die Zeilen, notierst dir rasch eine weitere Wortleiter, an die du dich halten kannst, die den angefangenen Faden weiterspinnt: Schreiben, um nicht zu taumeln.
Du öffnest die Balkontür, stellst dich ans Geländer, atmest ein, hörst ein Wort, kehrst an den Tisch zurück, greifst nach dem Stift, notierst.
Auf dem Hügel tritt der Küster durch das Portal der Kirche, stellt sich an die Mauer, sieht die Lichter überm See, dann das Licht im Fenster des Professore. Er nimmt die über den Tisch gebeugte Gestalt wahr, wie kann einer sich so sehr verlieren über den Wörtern.
Der Stift fällt auf das Papier, die Finger folgen den geschriebenen Zeilen, die Hand ergreift nochmals den Stift, schreibt, zögert.

So könnte er da gesessen haben, denke ich, stelle es mir vor, an diesem Herbstabend, das Dorf ist still, kein Boot, keine Stimmen. Ich versuche die Bilder zu ordnen, ahne die Blicke des Küsters von oben, höre die Stimme des Jagdwarenhändlers, das hastige Erzählen der Frau, Simona oder Eufemia, alle scheinen etwas vom Professore zu wissen, sehen ihn als Barbesucher, als Leser am See, als Kirchgänger, als einen, der mit den Fischern auf den See

hinausfährt – er könnte dieser sein oder jener oder alle zusammen, ich glaubte ihn zu kennen und weiß mit jedem Tag weniger, wer er gewesen ist. Hat er das gewollt?
Immer noch hoffe ich, Lem spiele nur ein sorgfältig arrangiertes Spiel, vielleicht eines, das seiner Mutlosigkeit entsprungen war und ihm wieder Auftrieb geben sollte. Oder eine Auflehnung gegen die Widerwärtigkeiten, denen er sich manchmal ausgesetzt glaubte?

Um mich nicht weiter im Grübeln zu verlieren, beschloß ich nach Perugia zu fahren, die Stadt, die er oft besucht und noch öfter beschrieben und in der er auch seinen von Hautschorf geplagten Deutschlektor angesiedelt hatte. Und vielleicht würde ich auf eine weibliche Gestalt mit bleichem Gesicht, unbeirrbaren Augen und rötlich gefärbtem Haar treffen. Ich mußte über mich selber lachen. Aber was blieb mir übrig?
Ich fand die Bar am Corso, das Café Morlacchi, die Universität und unzählige Frauen mit roten Haaren. Sie kenne eine Frau mit bleichem Gesicht und roten Haaren, erklärte mir die Kellnerin im Café Morlacchi, Lilli la Rossa, die Nachrichtensprecherin im Telegiornale Uno, alle italienischen Männer schwärmten von ihr, so dumm sind die Männer, lachte sie.
Ich zwang mich ebenfalls zu einem Lachen, folgte der Straße am Ende des Platzes, fand zu meiner Überraschung die von Lem erwähnte Hausnummer. Ich klingelte. Ein junger Mann öffnete, er

stutzte, als ich nach einer Frau mit bleichem Gesicht und unbeirrbaren Augen fragte. Er schaute mich einen Augenblick verwundert, oder soll ich sagen erschrocken, an und verneinte dann mit Entschiedenheit, eine solche Frau zu kennen. Ein Irrtum, entschuldigte ich mich, lugte über seine Schulter hinweg in das düstere Treppenhaus und entdeckte an der Wand Pieros Bild vom gefolterten Juden, eine schlechte Reproduktion, aber doch unverwechselbar.
Ich querte die Straße, lehnte mich an die Mauer, unten im Tal dehnte sich die Ebene, ein Meer von Staub, wie mir schien, schläfrig, ohne Leben, als wäre die Zeit still gestanden. Ich stellte mir vor, Lem würde irgendwo oben auf einer Zinne sitzen, lächelnd auf mich herabsehen und gespannt mitverfolgen, wie ich die Puzzleteile zusammensetzte, die er ausgelegt hatte.

Ich drehte mich unwillkürlich nach allen Seiten um, als könnte ich ihn irgendwo entdecken. Für einen Augenblick glaubte ich im Fenster über der Tür, an der ich geklingelt hatte, das Gesicht einer Frau wahrzunehmen. Sollte ich zurückkehren und nochmals klingeln? Ich verwarf den Gedanken, ich halluzinierte schon überall Gesichter, irgendwelche Phantome, die Lems Phantasie entsprungen waren.

Ich kehrte ins Zentrum zurück, schlenderte über den Corso, der jetzt, am späten Nachmittag, voller Menschen war, ein träger Strom, der um sich selber zu kreisen schien, Gruppen junger Männer in engen Jeans und weiten Jacken, die Oberkörper leicht vorgeneigt, die dunkelglänzenden Haare aus der Stirn gekämmt, redend mit selbstsicher verspielten Gesten, Frauen, trippelnd und tänzelnd, übermütig, in jener jugendlichen Eleganz, die dem eigenen schon schleppenden Schritt und keuchenden Atem den Fluch des Alters verleiht. Und wieder kam es mir vor, nahezu alle Frauen trügen rote Haare. Ich hätte alle paar Meter eine ansprechen können, spöttische Gesichter, die Münder zu einem Lächeln verzogen, weder rasende Sibyllen noch lächelnde Madonnen, sondern selbstbewußte junge Frauen.

Er starrte immer wieder auf den zerknüllten Zettel, den er durch einen Zufall wiederentdeckt hatte, oder sollte es kein Zufall sein, daß er Streichhölzer ausgerechnet in seiner Jackettasche gesucht hatte. Elf Tage mußten es sein, und jeder Tag hatte vierundzwanzig Stunden, die im Warten noch unendlich viel länger geworden waren. Mit panischer Angst dachte er daran, wie leicht der Zettel hätte verlorengehen können, sei es, daß er, durch eine zufällige Bewegung der Hände, einen unbedachten Griff in die Tasche, herausgefallen und irgendwo liegengeblieben wäre. Alles schien möglich, überall lauerte der unselige Zufall, oft genug hatte er das erfahren. Um so wunderbarer kam es ihm jetzt vor, daß der Zettel noch da, die Schrift noch zu lesen war, ein Zeichen, das jedes Zögern erstickte, das zum Handeln zwang: zu selten ergaben sich in seinem Leben solche Augenblicke.
Er hätte sich am liebsten gleich hingesetzt und über diese Frage zu philosophieren begonnen, Bücher fielen ihm ein, Abhandlungen, die alle um das Versäumte, das Nichterfüllte kreisten, das geradezu nach einer Maxima Moralia am Ende des Jahrtausends rief. Wäre da nicht dieser Zettel gewesen mit den fremden Schriftzügen, er wäre endlich in das Thema seines Lebens eingetaucht, den großen Essay, von dem er schon immer geträumt hatte, der ihm den Ruf an eine große Universität, Rom, Neapel, Florenz, eintragen würde. Aber nun kam ihm der Ruf des Lebens zuvor.

Minuten später war er unten auf der Straße, schritt so entschieden schnell voran, daß er später keine Einzelheit mehr hätte nennen können. Erst als die Nummer an der Hauswand mit der auf seinem Zettel übereinstimmte, verlangsamte er seinen Schritt, spähte zu den Fenstern hinauf, erwog einen Augenblick umzukehren und alles zu vergessen.

Sie stand mit bloßen Füßen in der halbgeöffneten Tür, ihr Haar wirkte zerwühlt; sie trug ein ärmelloses Kleid, von dem die bleiche Haut ihrer Arme sich grell abhob, sie mager erscheinen ließ.

Seine Haut zuckte, als würde sie von kleinen spitzen Pfeilen getroffen, von deren Einstichstelle ein Kribbeln ausging, das sich wellenförmig auszubreiten schien und ihn unwillkürlich den Fuß heben und aufstampfen ließ.

Wieder erfaßte ihn dies Gefühl, etwas völlig Unsinniges zu tun, wie der Protagonist, der in einem Film oder einem Theaterstück einen Schritt tut, von dem der Zuschauer instinktiv ahnt, daß es der falsche ist, eine Falle, ein Weg, von dem es keine Rückkehr mehr gibt. Man möchte ihn warnen, ihm zurufen, ihn zurückhalten. Er versuchte ein Lächeln.

Sie winkte, indem sie die Finger der Hand langsam bewegte und dabei ihre Hüfte gegen den Türrahmen preßte. Er folgte ihr in den dunklen Korridor, warf einen flüchtigen Blick auf das Bild an der Wand; sie ergriff seine Hand und zog ihn hinter sich her über die Treppe.

Er sog die Gerüche ein. Wie oft war er einer Frau durch ein Treppenhaus gefolgt, hatte die Schritte

verlangsamt, um die gespannte Erwartung zu steigern, all die Einzelheiten aufzunehmen und sich gleichzeitig die kommenden Szenen auszumalen, die Gesten, die Worte, die stumme Verständigung, die sein würde zwischen ihnen, dies Aufeinanderzugehen und Zurückweichen, das Ausmessen der Fremdheit, die Angst machte und zugleich von höchstem Reiz war.
Einmal wollte er über Treppenhäuser schreiben, durch die er mit Frauen gegangen war. Nichts schien aufregender, spannender als der Gang mit einer Frau durch ein Treppenhaus. Jede Einzelheit bekam Bedeutung, die Art, wie die Frau sich bewegte, was sie sagte oder nicht sagte; ihre Augen, ihre Hände, was verrieten sie?
Im Treppenhaus und, im besten Fall, noch einige Zeit danach, wenn ein Glas getrunken oder ein Gespräch begonnen wurde, blieb noch alles offen, ein unendliches Feld, ein Spielbrett. Jede Regung der Frau, ihre Schritte, die Bewegung ihrer Hände und Hüften, das Mienenspiel, der schnelle oder ruhige Atem, die Worte, beiläufig, gelassen oder zaudernd ausgesprochen, jedes noch so kleine Zeichen gab der Phantasie Anlaß, weckte Neugier.
Er blieb stehen, er hätte sich am liebsten auf die Treppenstufe gesetzt, dieses Dämmerdunkel auf sich wirken lassen und die Bilder, die sich sekundenschnell einstellten, vergessene und zukünftige, vorüberziehen lassen. Für einen Moment glaubte er zu fliegen, fortgetragen zu werden, ein Flockenwirbel, der ihn tanzen ließ wie ein Kind beim ersten Schneefall.

Flockenmöglichkeiten, Möglichkeitsflocken, er konnte nach dieser, nach jener haschen, konnte bestimmen und wählen.
Er hörte die Tür, blickte auf, sie stand auf der Schwelle und sah zu ihm hinunter. Wenn sie doch stehenbleiben würde, dachte er, und nahm schon wieder den Juckreiz wahr, der seine Haut zu peinigen begann.
Hüstelnd trat er ein.
Sie ließ ihn mitten im dämmrig dunklen Raum stehen und begann am Trog Früchte zu waschen. Er versuchte die Gegenstände wahrzunehmen, sich abzulenken, um den immer stärker werdenden Juckreiz zu unterdrücken.
Er schaute sich hilfesuchend nach ihr um, hoffte auf einen Satz, aber sie schien ihn nicht zu beachten und setzte sich in einen Korbsessel.
Wer bist du eigentlich?
Sie zog, als wäre dies eine Antwort, die Knie an, öffnete den Mund, als wollte sie etwas sagen, blieb aber stumm.
Warum bin ich bloß hier, dachte er, völlig verrückt, einfach herzukommen. Was will ich hier?
Er betrachtete unentwegt ihr Gesicht, sie hielt seinen Blicken stand. Er glaubte in ihren Augen etwas Verächtliches zu lesen, ein Grinsen, dachte er, ihre Augen maßen ihn mit einem verächtlichen Grinsen.
Es schien ihm undenkbar, auch nur die geringste Annäherung, irgendeine Geste zu versuchen.
Du weißt nichts von ihr, sagte er sich und wich zurück.

Eine Wiederholung ist nicht einfach, sagte sie; was leicht und scheinbar selbstverständlich begonnen hatte, geht nicht weiter. Sie preßte sich, als wollte sie ihre Worte damit unterstreichen, noch heftiger in die Sitznische. Ihre Augen hatten jenen Glanz, den er als spöttische Überlegenheit gedeutet hatte, verloren, schienen jetzt sonderbar leer, um einen Spalt geöffnet, der über dieses Zimmer hinausführte in eine Weite, die ihm Angst machte, als sei das Zimmer eine Drehbühne, die sich, von unsichtbarer Hand gelenkt, langsam bewegte.

Er wollte aufstehen und auf sie zugehen, aber ihre Augen hielten ihn davon ab, als hätte er etwas wahrgenommen, was ihn lähmte.

Wie oft, dachte er, habe ich so gesessen und nicht gewußt, welche Geste die richtige ist. Wenn ich ein einziges Mal wüßte, wie die Zeichen der Frauen zu lesen sind.

Wie soll ich dich nennen, fragte er, Lilith oder Maria?

Sie warf ihr rötliches Haar zurück, maß ihn wieder mit jenem Blick, den er als spöttisches Grinsen deutete.

Sie kam ihm kalt und abweisend vor, fern und entrückt. So sehr ihn das schmerzte, ihm die Unsinnigkeit seines Besuchs vor Augen führte, stellte er auch fest, wie sich das Kribbeln in seiner Haut legte. Er atmete ruhig, streckte die Beine aus, fühlte sich leicht wie schon seit Tagen nicht mehr. Sie ist irgendeine Frau, sagte er sich, du brauchst nichts zu tun, nichts zu erwarten, kannst zu deiner Arbeit zurückkehren und dir sagen, nichts ist gewesen. Er

fühlte sich mit einemmal sicher, bestimmt in dem, was er tat und tun wollte.
Sie kauerte still in ihrer Ecke, die Hände um die Knie verklammert. Fröstelte sie? Erst jetzt bemerkte er, wie leer die Wohnung war: ein gähnend kahler Raum.
Es war ein Irrtum herzukommen, ich hätte es wissen müssen, sagte er und erhob sich, vergessen wir es.
Sie gab keine Antwort, er stand eine Weile mitten im Raum, nestelte in seinen Taschen, als suche er etwas, er glaubte ihr Atmen zu hören.
An der Tür blieb er nochmals stehen, als warte er auf ein Wort. Er bewunderte Leute, die mit unbekümmerter Selbstverständlichkeit einen Raum verlassen konnten, er fühlte sich immer ausgesetzt, fand nie den richtigen Abgang.
Langsam drückte er den Türgriff hinunter.

Schick mich nicht fort, bat sie mit kleinlaut wirkender Stimme, als er sich, durch das Knarren der Tür aufgeschreckt, umdrehte. Eingeschüchtert, beinah ängstlich, so kam es ihm vor, stand sie da. Er hielt das Glas noch immer in der Hand, fand nicht mal Zeit, überrascht zu sein.
Laß mich nur ein wenig bleiben.
Er hörte das Bittende, beinahe Flehende in ihrer Stimme.
Er schenkte Wein nach, setzte sich, trank langsam. Sie blieb reglos, gleich neben der Tür.
Einmal sah er auf, entdeckte die Striemen an ihrem Hals.
Wir haben uns nichts mehr zu sagen.
Ich weiß.
Wir hätten uns nie begegnen sollen.
Manchmal hat man keine Wahl.
Das sind Ausflüchte.
So nennst du das, ich würde es nicht so nennen.
Sie machte einige Schritte auf ihn zu, wich, als sie seine abwehrende Geste sah, zurück.
Er stellte das Glas auf den Boden.
Vielleicht hätte auch ich nicht herkommen sollen, sagte sie.
Für einen Augenblick trafen sich ihre Blicke. Er füllte ein zweites Glas mit Wein, reichte es ihr.
Einmal, sie mochten schon eine Weile so gesessen haben, begann sie das zu erzählen, was er längst hätte wissen können, und es vielleicht auch wußte: wo sie ihn zum erstenmal, wo sie ihn später wie-

dergesehen hatte; sie erwähnte sein erstauntes Gesicht beim Klappern ihrer Stöckelschuhe, sie leugnete auch nicht, mit Absicht in jenes Landhaus gefahren zu sein. Das erstaunte ihn nicht, stutzig machte ihn eher, daß sie dafür das Wort Notwehr brauchte.

Wo hätte ich dich sonst finden können, fragte sie.

Er nickte, als hätte er begriffen, und folgte ihren Worten, fragte wenig, betrachtete ihr Gesicht, das ihm nun das Gesicht einer ganz andern Frau zu sein schien, und wären nicht die Äußerlichkeiten gewesen, ihr Haar, ihre Augen, niemand hätte ihn von der Überzeugung abbringen können, eine ganz andere Frau vor sich zu haben als jene, die sich im Landhaus ihm genähert oder gar jene, der er durch das Treppenhaus gefolgt war, als Fremder einer Fremden.

Es gelang ihm, das, worüber er sich hätte wundern müssen, als Selbstverständlichkeit zu nehmen und nicht zu fragen. Er folgte ihr auf dem Weg durch die Stadt, durch schmale Gassen, die auch jetzt in der Nacht noch sonnenwarm waren. Das kleine Restaurant, in das sie ihn führte, lag am Rande der Altstadt, auf einem Hügelvorsprung, von welchem der Blick hinausging in die Weite der Landschaft, violett verschattete Hügel, verkarstete, ausgewaschene Hänge, ausgebleicht, staubüberzogen.

Ein Aquarell, sagte Osch, die Farben der umbrischen und toskanischen Maler, sie sei ja Spezialistin, besuchte Symposien in Landhäusern und verführe ahnungslose Dozenten.

Laß den Spott, bat sie.

Er bereute den Satz.
Welches ist dein Thema?
Interessiert es dich wirklich?
Er nickte.
Über die Farben bin ich auf die großen Maler des Quattrocento gestoßen, und ich bin, wie viele andere auch, beim Maler aus dem Borgo hängengeblieben.
Sie erzählte von einem Bild. Es sind ja immer Bilder, die ans Eigene rühren, besonders dann, wenn sie aus scheinbarer Ferne zu uns sprechen. Es ist eine einfache und sehr bekannte Szene: Verkündigung Mariens durch den Engel, Geburtsanzeige sozusagen, eine der vielen Verkündigungsszenen, wie sie damals gemalt wurden, auf den ersten Blick. Doch dann blieb ich am Gesicht dieser Frau hängen, überrascht. Die Gesichtszüge verraten nicht Demut und Dankbarkeit oder Freude, wie es in diesen Szenen üblich ist, sondern Angst und Trauer.
Sie schwieg einen Augenblick.
Warum, fragte Osch knapp.
Sie schien ihn nicht gehört zu haben.
Die Frau scheint die äußere Wirklichkeit nicht wahrzunehmen, auch den Engel nicht, und was ist er anderes als die Stimme der eigenen Ahnung, die auf dem Gesicht sich als quälender Schmerz spiegelt.
Schmerz und Angst, fragte Osch zögernd.
Sie sah an ihm vorbei.
Ein kleiner Palmzweig in der Hand des Engels, eine der vielen fast unscheinbaren Anspielungen, wie dieser Maler sie liebt, macht aus der Engelsstimme

Kassandras Stimme: der Palmzweig deutet auf Passion und Tod hin, nimmt vor dem Anfang, der Geburt des Kindes, das Ende, den Tod, schon vorweg. Die Geburt als erster Schritt zum Tod, der Tod als letzte Geburt, diese Endgültigkeit erschüttert eine Frau, die dies zu ahnen vermag und das scheinbar Unumgängliche anzunehmen sich gezwungen sieht.
Sie brach ab, schwieg.
Osch empfand ihr Schweigen als bedrückend.
Oft sei er fasziniert von Bildern, sagte Osch rasch in das lähmende Schweigen, aber zuweilen auch ratlos, er ahne Bezüge, ohne sie benennen zu können. Er bedaure das immer wieder, denn nicht der oberflächlich wahrgenommene Eindruck, sondern erst die reflektierte Anschauung gewähre –
Schon, unterbrach sie etwas unwirsch.
Osch war verdutzt, suchte nach Worten, redete von Engeln und Bildern.
Lassen wir das, unterbrach sie ihn.
Mir gefällt, sagte sie, als sie gewahrte, wie ratlos er war, daß dieser Maler, sparsam und bedacht, seine Alltagswirklichkeit in die historischen Motive einbringt, jede Madonna ist zugleich irdische Frau. Das ist Kunst, die mit dem Leben zu tun hat, da sind wir gemeint, mit unsern Ängsten und Ahnungen, mit dem, was uns quält.

Und wo bleibt die Liebe, warf Osch unvermittelt ein.
Sie zögerte, sie schien nicht sicher, ob sie die Frage auf die Bilder beziehen sollte.

Immer wieder ist auf diesen Bildern, antwortete sie, eine Gruppe von Menschen um einen einzelnen, den sterbenden Adam, eine Madonna oder einen Träumenden, versammelt. Man sieht, vom Maler genau beobachtet, eine Vielfalt von Reaktionen, Ergriffenheit, Überraschung, Klage; stummes Zuschauen oder leise Gespräche. Aber alles wirkt zusammen, ist von einer intimen Zusammengehörigkeit geprägt.
Sie stockte einen Augenblick und sah Osch in die Augen.
Wenn Menschen mit dieser unausgesprochenen, nur im Miteinander wahrnehmbaren Vertraulichkeit miteinander umgehen, wie auf diesen Bildern, ist das nicht Liebe?
Osch klammerte die Hand um sein Glas.

Sie schlenderten durch die Stadt, ausgelassen, wie er es selten war, scherzend und lachend, und er hatte das Gefühl, vieles von ihr zu wissen. Das machte seine unsicheren Schritte sicher.
Ob sie nicht einmal zusammen wegfahren könnten, fragte Osch, zum Beispiel in die verlassene Landschaft der sibillinischen Berge.
Sie stimmte nicht gleich zu.
Vielleicht, sagte sie, sie wisse es nicht, das sei jetzt nicht so wichtig.
Osch gab sich enttäuscht.
Wenn sie Zeit finde, warum nicht, sagte sie, als er seine Frage wiederholte.
Es eile nicht, gab Osch zurück, er müsse ohnehin zuerst ins Spital.

Als er sah, daß sie unwillkürlich zusammenzuckte, fügte er rasch an, es handle sich bloß um Allergietests, Hautkultur, nicht der Rede wert.

Als sie vor dem Dom sich auf die Stufen setzten, erzählte er von der Messe in der kleinen Kapelle, in die er nach seiner Flucht aus dem Landhaus geraten war. Mir war, sagte er, ich sei in meine eigene Abdankung gelangt.
Sie schien erst erstaunt, dann erschrocken und wollte gleich weiter. Der menschenleere Corso dehnte sich schwarz zwischen den Häuserreihen. Sie rannten hintereinander her und fielen sich in die Arme.

Er ging voran durchs Treppenhaus und kam keinen Augenblick auf die Idee, diesen Gang hinauszuzögern. Sie standen im Dunkeln; als er sie zu entkleiden begann, wehrte sie sich beinahe unmerklich. Er wollte schon fragen, was sie denn habe, als sie die Hand hob, ihn lange ansah und sich dann in seine Arme fallen ließ.

7 Umbrische Gespräche

Wieder neigt sich ein Tag. Ich bin an der Universität gewesen, habe mit dem Direktor der Abteilung für Deutsche Sprache und Literatur gesprochen, ein lebhafter Mann, der lange in Berlin gelebt hatte, Ostberlin, betonte er, damals habe die Mauer ja noch bestanden. Er habe, dank seiner Deutschkenntnisse, als Gesprächspartner zwischen der SED und der hiesigen Partei gewirkt und Austauschprogramme organisiert. Nun wolle seine Partei, die ja schon den Namen geändert habe, auch noch auf das Symbol von Hammer und Sichel verzichten, was er, dessen Vater noch mit den Partisanen gegen die Faschisten gekämpft habe, für falsch halte.

– Niemand will mehr sein, was er ist, das ist die Wende, und sie wiegt schwerer als gefallene Mauern und zerbröckelte Reiche.

Er erwähnte Autoren aus der DDR, die er gekannt habe, einige habe er zu Begegnungen eingeladen. Scrittori a confronto heiße eine Reihe, die er seit Jahren betreue, mit Erfolg. Auch Lem habe er bei einem dieser Autorentreffen kennengelernt und ihn auch einmal zu einer Lesung eingeladen. Ein düsterer Mensch, müsse er sagen, der düstere Bücher schreibe, voller Melancholie und selten mit gutem Ausgang, nordische Bücher, Krankheit, Tod und Vergänglichkeit, und jedes Wort eine Leiche. Warum, habe er sich gefragt, schreibt einer Bücher, die all das enthalten, was die Menschen ohnehin

ängstigt. Warum sie auch noch daran erinnern? Das Leben ist Plage genug, und die Krankheit eine Qual für jeden, den sie trifft.
Der Direktor seufzte.
Die Menschen heutzutage wollen leichte, verspielte Bücher und nicht mehr dies Wühlen in den dunklen Abgründen der menschlichen Seele. Sie wollen unterhalten und abgelenkt sein, wollen lachen und vergessen. Und selbst wenn sie nicht lesen, was die Regel ist, aber aus alter Gewohnheit heraus noch Bücher kaufen, werden sie zu Titeln greifen, die ihnen, für den Fall, daß sie eines Tages lesen würden, Heiterkeit bescheren, ein Gefühl dafür, daß die Welt wenigstens zwischen den Buchdeckeln noch in Ordnung ist. In Lems Texten sei wenig von dieser unbeschwerten Heiterkeit zu finden; mit düster ernstem Gesicht habe er denn auch vorgelesen, eine Episode aus einer Kindheitsgeschichte. Später, im Gespräch, habe er sehr heiter und witzig gewirkt, habe mit wohltuender Selbstironie über sich und sein Schreiben gesprochen. Er habe sich hinterher gewundert, daß ein so witziger Mensch so düstere Bücher schreibe.
Der Direktor schwieg einen Augenblick, als denke er über die Düsternis des eigenen Lebens nach, faßte sich aber rasch wieder und erklärte, daß er daran gedacht habe, Lem an der Universität zu beschäftigen, aber die Anzahl der Stellen sei beschränkt, sie seien eine kleine Abteilung, Deutsch werde von den Studenten meist nur als Nebenfach gewählt, die neue deutsche Literatur sei in Italien nicht sehr bekannt, leider, aber jetzt, mit dem wiederver-

einigten Deutschland, könne sich das ändern, er erwarte es, seine Abteilung habe neue Lehrstellen beantragt und hoffe auf europäische Programme, aber alle zählten auf europäische Programme.
Nein, Lem sei er nie wieder begegnet, obwohl er das gewiß begrüßt hätte. Autoren seien hier gern gesehen, in San Orsola sei eine Engländerin, in Passignano ein Deutscher, in Orvieto die göttliche Susanna. Ein Nobelpreisträger wäre sehr willkommen, denn schließlich fördere Kultur den Tourismus, der noch immer an dieser Region vorbeigehe, ungerechterweise, denn Umbrien sei eine spirituelle Landschaft, die nicht zufällig den größten Heiligen seit Christi Geburt hervorgebracht habe, das grüne Herz Italiens und Europas.
Unzählige Dichter seien von dieser Gegend verzaubert gewesen und hätten darüber Zeugnis abgelegt, aber am eindrücklichsten sei das kurze Gedicht von Celano.
Ich kenne es, warf ich etwas unwirsch ein.
Der Direktor schien ob meiner Reaktion irritiert, erwähnte aber rasch weitere Texte und Gesänge über Assisi, pries und malte aus von Carducci bis Malaparte.

Es gelang mir schließlich, ihn in seinem Werbespot zu unterbrechen und ihn zu fragen, ob er in seiner Abteilung deutsche Lektoren beschäftigt habe, Lehrbeauftragte für kleine Übungen?
Er nickte.
Gelegentlich ja, meist nur für kurze Zeit, ein Se-

mester oder zwei, nur einer sei länger geblieben, ein Deutscher aus Dresden, Ottenbach, Ottenschorf, Ottendorf oder ähnlich, ein fürchterlicher Name, aber auch ein fürchterlicher Mensch, völlig unnahbar, und ständig in irgendwelchen Kliniken oder bei Kuraufenthalten, man habe oft sein sozialistisches Auge zudrücken und dem deutschen Genossen ins Gewissen reden müssen, immerhin sei er tüchtig und gewissenhaft gewesen, und sehe man von gelegentlichen Liebschaften mit Studentinnen ab, man schätze das nicht besonders, auch unter Genossen nicht, habe man gegen ihn nichts einwenden können, und bei der schlechten Entlohnung sei die Auswahl an guten Lehrbeauftragten nicht besonders groß, zudem sei Ottendorf auch ehrgeizig gewesen, habe immer wieder Essays publiziert und wohl auch die Ambition auf eine Dozententätigkeit gehegt.
Hat Lem diesen Ottendorf gekannt?
Woher soll ich das wissen, und überhaupt diese Fragerei, ich wundere mich langsam.
Der Direktor gab sich erstaunt.
Ich bin Professor und nicht Detektiv.
Er beruhigte sich erst wieder, als ich ihm von Lems Verschwinden erzählte.
Das allerdings, meinte er, sei seltsam, untergetauchte Poeten, davon habe er noch nie gehört, die Literatur lebe ja, wenn er das bemerken dürfe, ohnehin im Untergrund, und da noch untertauchen zu wollen, das halte er doch für übertrieben, für einen Pleonasmus gewissermaßen, wenn er das so sagen dürfe.

Ich dankte dem Direktor, der mir seine weitere Bereitschaft zur Hilfe versicherte, für den Fall, daß es nötig sei. Übrigens sei Ottendorf nicht mehr an der Universität, aber noch irgendwo in Mittelitalien, er leide an einer ernsthaften Krankheit und habe es deshalb vorgezogen, hier im Süden zu bleiben und nicht ins kalte Dresden zurückzukehren, wo nun zwar die Mark und Marktwirtschaft herrschten, aber damit noch kein Wohlbefinden.
Nun auch noch Ottendorf, dachte ich, als ich mich vom Direktor verabschiedet hatte. Ottendorf als Deutschlektor, der Studentinnen verführte und Kliniken abgraste, und gewiß auch für die Stasi tätig gewesen war. Ich begriff allmählich, daß alles möglich war, und fühlte mich immer mehr in der Rolle des Don Ciccio genannten, zur Bereitschaftspolizei abkommandierten Doktor Francesco Ingravallo, dem es nicht einmal mit seiner molisischen Weisheit gelang, die gräßliche Bescherung in der Via Merulana aufzuklären. Er machte die niederschmetternde Erfahrung, daß mit jedem auftretenden Zeugen und mit jeder Untersuchung und Abklärung die Umstände des Verbrechens immer verworrener sich darboten und die Aufklärung in immer weitere Ferne rückte, bis er selber nicht mehr wußte, wonach er eigentlich fahndete. Lem hatte das Buch geliebt und immer wieder genüßlich daraus zitiert, es lehrt uns, daß das Verrückte das Alltägliche und das einzig Gewisse das Ungewisse ist, weil, so Don Ciccios Erkenntnis, die Welt der sogenannten Wahrheiten nichts anderes ist als ein Gewebe von Lügenmärchen und häßlichen Träumen.

Als bei meiner Rückkehr auch noch der Jagdwarenhändler auftauchte, neigte ich mit dem Dottore Ingravallo dazu, nicht bloß ein Unheil zu ahnen, sondern jenen Wirrwarr, der alles auf den Kopf stellt. Ich empfing, in einem Anflug von Galgenhumor, den Jagdwarenhändler mit geradezu ausgelassener Heiterkeit.
Meine für ihn wohl eher überraschend gute Laune, war doch angesichts eines verschwundenen oder gar toten Freundes eher Trauer oder Besorgtheit angezeigt, verwirrte ihn offensichtlich, wohl auch, weil ich ihm bisher eher reserviert oder gar abweisend begegnet war. Er kam gleich zur Sache.
Es handelte sich um einen Brief, den er vergessen habe, alle an Lem gerichtete Post werde, wenn Lem nicht da sei, ihm überbracht, so hätten sie es all die Jahre gehalten, nun sei Lem ja wieder fort, da habe der Postbote wohl gedacht, er sei der richtige Adressat.
Es geht schon in Ordnung, unterbrach ich ihn, nahm den Brief an mich und steckte ihn ein.
Wollen Sie ihn nicht lesen?
Der Jagdwarenhändler stand noch immer vor meiner Tür, wies mit der Hand auf den großen Oleander, den habe er für Lem gepflanzt, als er hier eingezogen sei.
Ich nickte.
Vielleicht gibt der Brief Aufschluß, er könnte wichtig sein, deshalb habe ich Sie unverzüglich aufgesucht. Wollen Sie nicht gleich lesen?
Später, sagte ich, ich bin müde vom Tag in der Stadt, die vielen Leute, der Lärm, die Gespräche.

Ob ich, der Jagdwarenhändler zögerte, ob ich Neuigkeiten erfahren, Freunde von Lem, Freundinnen, getroffen hätte?
Ich schüttelte den Kopf, bat den Jagdwarenhändler, mich nun allein zu lassen.
Er reichte mir die Hand, stieg langsam die Treppe hinunter, ich wollte eben die Haustür schließen, als er sich noch einmal umwandte, ich solle den Brief nicht vergessen. Gewiß nicht, rief ich ihm zu.
Ich verspürte keine Eile, den Brief zu öffnen. Mehr als der Inhalt des Briefes hätte mich interessiert, warum er mir gerade jetzt überbracht worden war. Aber ich hatte den Jagdwarenhändler gar nicht erst gefragt, ich wollte ihm nicht die Möglichkeit zu irgendwelchen Erklärungen, die er sich ohnehin zurechtgelegt haben würde, geben.
Lem selber hatte mir nach unserer Mailänder Begegnung noch einmal geschrieben, in diesem Brief aber nichts vermerkt, was mir irgendwie ungewöhnlich erschien. Er äußerte sich, einmal mehr, über seine Piero-Studien, die er, mit spielerischem Eifer, wie er schrieb, vorantreibe, mit der Lust, in Rollen zu schlüpfen, die das Schreiben immer auch bedeute.

Ich betrachtete aufmerksam den Brief, suchte nach Spuren, ich konnte mir nicht vorstellen, daß der Jagdwarenhändler ihn nicht geöffnet hatte. Ich fand, zu meiner Enttäuschung, keinen einzigen irgendwie verdächtigen Hinweis. Es handelte sich um einen in der üblichen Weise zugeklebten Brief,

es gab keinen Grund, ihn nicht in der üblichen Weise zu öffnen und zu lesen.
Ich hätte das wohl auch unverzüglich getan, wenn es nicht geklingelt und der Küster vor der Tür gestanden hätte, und, nach einer weitschweifigen Entschuldigung für die Störung, eingetreten wäre. Er habe, von oben, das Licht gesehen und sich gedacht, er schaue vorbei, er habe das auch beim Professore gelegentlich getan, ein Glas mit ihm getrunken und geredet.
Hätte ich mir nicht vorgenommen, über nichts mehr überrascht zu sein und mit der Gelassenheit eines Doktor Ingravallo, alles über mich ergehen zu lassen, ich wäre zweifellos erstaunt gewesen. Nun also auch noch der Küster, dachte ich und bemerkte, wie aufmerksam er den auf dem Tisch liegenden Brief musterte. Nun ja, begann der Küster, noch immer stehend, nah am Tisch, auf dem der Brief lag, ganz ohne Grund sei er nicht gekommen, die Eufemia habe ihn aufgesucht, wegen ihrer Tochter in der Stadt, nein, nicht die Simona, obwohl die auch eine Tochter habe.
Die Eufemia also?
Ich fragte zaghaft, um den Küster nicht aus dem Konzept zu bringen.
Ob ich das nicht gewußt hätte, die Eufemia habe mich, wie ihm der Jagdwarenhändler neulich mitgeteilt habe, doch gesprochen, obwohl ich ihm gegenüber das verneint hätte.
Die Hand des Küsters hatte sich, unmerklich beinahe, dem Brief genähert, als wolle er die Anschrift in seine Richtung drehen. Das könne schon sein,

wich ich aus, ich sei fremd hier und wüßte schon kaum mehr, mit wem ich gesprochen hätte und mit wem nicht. Und es sei durchaus möglich, daß sie eine Frau erwähnt habe, ob ihre Tochter oder eine andere, ob eine mit dunklem oder mit rötlichem Haar, vermöchte ich nicht mehr zu sagen.
Mit roten Haaren? fragte der Küster verblüfft, davon wisse er nichts.
Ich schüttelte verärgert den Kopf.
Er wolle mich noch einmal warnen vor dieser Eufemia, die häufig verwirrt und noch häufiger verzweifelt sei, vielleicht verwirrt aus Verzweiflung, oder verzweifelt aus Verwirrung, wer vermöchte das schon zu wissen; ihre Worte dürften nicht ernst genommen, sondern müßten, leider, mit Vorsicht betrachtet werden.

Der Küster hatte den Brief leicht gedreht, so daß er nun die Anschrift lesen konnte.
Wo ist denn die Eufemia, fragte ich.
Bei Verwandten.
Er zögerte.
Der Professore und eine junge Frau, das sei doch völlig undenkbar, das hätte er, der Küster, mit seinem Sichtkontakt zum Professore doch gewußt. Gewiß, das wolle er nicht leugnen, habe der Professore immer wieder Frauen gekannt, die eine oder andere sei auch mal zu Besuch gekommen, hätte mit dem Professore draußen auf der Terrasse gesessen, das habe er jeweils beobachten können, aber solche Besuche seien eher selten gewesen, er könne sich kaum erinnern, wann zum letzten Mal

eine Frau den Professore besucht habe, der habe wohl gar keine Zeit für Frauen gehabt.
Das werde wohl so sein, entgegnete ich abwesend, er könne im übrigen, fügte ich hinzu, da ich feststellte, daß er dem Brief noch immer Aufmerksamkeit schenkte, diesen ruhig umdrehen, ein Absender sei nicht auf dem Umschlag und gelesen hätte ich ihn auch noch nicht.
Der Küster, ich nannte ihn in Gedanken an Don Ciccios Gehilfen längst Pompeo, den Greifer, sah mich verblüfft an, er habe weder stören noch neugierig sein wollen, aber er habe gedacht, er könne mir helfen, denn auch ihm, wie allen Dorfbewohnern, sei daran gelegen, das doch sonderbare Verschwinden des Professore aufzuklären. Er zweifle nicht daran, daß der Professore bald wieder unter ihnen sein werde.
Ich sei ihm, sagte ich, außerordentlich dankbar und würde mich, falls ich Fragen hätte, wieder an ihn wenden, ich wisse ja, wo er zu finden sei.
Ich wartete, bis er aus meinem Blickfeld verschwunden war, nahm ein Messer und öffnete den Brief.

Spiel mit dem Licht

Da eilt einer durch Zeit und Tag, ein Getriebener, läuft, als fürchte er nicht die Pest, sondern als sei ihm der Teufel auf den Fersen –

Ständig ist der Maler unterwegs; die Arbeit tun, solange sie gefragt ist und bevor die Müdigkeit kommt, die lähmt und zermürbt. In Arezzo steht das große Gerüst im Chor der Franziskanerkirche. Die Entwürfe für den großen Zyklus sind auf Karton gefertigt, die Gehilfen haben ihre Anweisungen erhalten, soll der Giovanni sich am Martyrium des Juden versuchen und der Lorentino an der Schlacht des Persers. In Monterchi malt er die Madonna für die Friedhofskapelle, aus dem Borgo erreichen ihn die Mahnungen der barmherzigen Brüder, endlich ihre Altartafel zu beendigen, dem heiligen Franz den heiligen Bernhard noch anzufügen und das Kreuz nicht länger ohne den Gekreuzigten zu lassen. Immer diese Mahnungen, wo bleibt da die Barmherzigkeit?
Manchmal taucht er im Borgo auf, um den Brüdern wenigstens für ein paar Tage bei den Geschäften beizustehen, bei der kranken Mutter zu verweilen. Ihre Züge werden von Tag zu Tag blasser, kaum noch ein Nicken aus den hohen Kissen. Der Husten schüttelt den mageren Leib, der kraftloser wird mit jedem Aderlaß, weiß die Haut und schmal der Mund. Er nimmt die Bilder auf, hält sie

fest, malt auf dem Gerüst in Arezzo die Frau, die dem Mann begegnet, die Königin von Saba dem Salomon –

Finger, die langsam, beinahe scheu, ineinandergeglitten zu sein scheinen, und nun in der Berührung, im sanften und doch entschiedenen Druck verharren. Leicht liegt der Daumen des Mannes neben dem der Frau, während ihre Finger in der Innenfläche seiner Hand liegen und mit den Kuppen seinen Handrücken streifen. Seine Linke ruht im Gürtel, als müßte sie die verknoteten Hände stützen, die Berührung verstärken, die Begegnung, die alles ist, besiegeltes Wissen. Die Gesichter bleiben unbewegt, die leicht geneigte Stirn der Frau liegt vor dem Bart des Mannes, die Blicke scheinen nach innen zu gehen, nur noch Augenblick, Begegnung und Stille, in die auch die Umstehenden eingegossen bleiben, Männerköpfe unter Kappen gezähmt, im Wollen gehemmt, mit erschrockenen Augen ins Staunen gebannt. Der Maler schmuggelt sich mitten unter sie, Selbstportrait des Künstlers als Hofmann, ein Staunender, ein wenig linkisch die Haltung, verschmitzt das Gesicht, als kenne er das alles schon, dies Getue, Schein und Sein dieser Frauen mit den bleichen Gesichtern, das Haar vorn aus der Stirn geschoren, hinten im Schleier geborgen, kein Aufzucken der Haut, kein Beben der geschlossenen Münder.
Herbe, dunkelblonde Frauen von kalter Schönheit. Fra Folco, der kleine Mönch aus dem Borgo, sagt es fast spöttisch und gibt sich als Kenner.

Diesmal ist er mit seinem Schüler gekommen, dem jungen Fra Luca, auch einer aus dem Borgo. Der wird ein großer Mathematiker, gibt sich sein Meister überzeugt, vielleicht der größte aller Zeiten. Der junge Mönch senkt verlegen das Gesicht. Er kennt die Bilder des Malers, bewundert den Raum von Körpern und Flächen.
Handwerk, sagt Fra Luca, wie es uns die Alten lehren.
Wir geben den Dingen bloß die Farben, in denen sie sich zeigen, wehrt der Maler ab, helle und dunkle, wir spielen mit dem Licht, setzen Stoffe und Flächen, Gesichter und Gesten zueinander in Beziehung, das ist schon alles.
Und wer ist eigentlich diese Königin von Saba?
Sie hat den Heiligen Antonius auf ihr Lager gelockt, wirft Fra Folco ein, aber er hat widerstanden.
Mit klappernden Zähnen, lacht der Maler.
Und wer war sie wirklich?
Fra Luca kann seine Neugier nicht zähmen.
Der Maler, der ungern Erklärungen gibt, zeigt sich geduldig.
Vom Sabatfluß in Babylon kam die Frau, um die Klugheit des Mannes zu prüfen, ihre Orakelsprüche an seiner Weisheit zu messen. Manche halten sie für die älteste Sibylle, die Urmutter Kassandras und Kirkes und der jüdischen Propheten –
die freilich Männer sind, ergänzt Fra Luca voreilig.

Und dieses Mutterbild, das er in Monterchi malt, trägt das gleiche Gesicht wie die Königin, und ist uns doch viel näher.

Eine Frau voller Leben, begeistert sich Fra Luca, ein sinnlicher Hals wächst aus dem weitausgeschnittenen Alltagskleid, trägt ein Gesicht mit vollen Lippen, einer kräftigen Nase und großen Ohren.
Eine sehr fleischliche, sehr weltliche Erscheinung, meint auch der kleine Mönch. So kennt er die Frauen aus dem Borgo, Frauen, die ihre dösenden Männer aufscheuchen und aus dem Haus jagen, die mit den Lappen die Fliesen fegen, die aufrecht gehen unter der Last, die sie schleppen, stehenbleiben, die Arme in die Hüften stemmen und mit kräftiger Stimme nach den Kindern rufen, auch der neunten Schwangerschaft mit Gelassenheit entgegensehen, den gewölbten Bauch liebkosen. Die Hand greift in das gleich unter der Brust bis an die Schenkel geschlitzte, leicht taillierte Kleid aus gewöhnlichem Tuch, im kräftigen Blau vom Färberwaid aus den eigenen Feldern. Sie kümmert sich nicht um die Blicke derjenigen, die da stehen und auf das weiße Unterkleid starren, auf ihren Bauch, der sich dehnt. Das ist ihr Leib. Sollen sie gaffen und sich wundern, diese Männer, Mönche und Pfaffen. Das berührt sie nicht, gesenkt bleiben ihre Lider über den schwarzen Pupillen.

Verwundert und begeistert blickt der kleine Mönch auf die schwere Leiblichkeit dieser Schwangeren; ihm gefällt diese Kraft und das, was er Würde nennt, Gravitas, fügt er an, wie sie nur Frauen haben.
Ist es sein Mutterbild, wendet sich Fra Luca an den

Maler? Ihr Gesicht und das der Marktfrauen im Tibertal, das er hier malt, in Monterchi, in dessen schattigen Gassen die Mutter aufgewachsen ist? Oder malt er am Ende eine heimliche Geliebte?
Zuviel Neugier, knurrt der Maler.
Hat er je eine andere Frau als die Mutter geliebt? Mit jener scheuen Zärtlichkeit, mit der Söhne manchmal ihre Mütter verehren? Und mit dem Bild büße er, weil er nie da ist, auch jetzt nicht, da sie mit dieser tödlichen Krankheit sich quält.
Hat er nicht schon immer gegen den Tod gemalt? Ist es dies Mutterbild, das ihn wegtreibt vom hohen Gerüst in Arezzo, um allein in der kleinen Friedhofskapelle von Monterchi an seiner Madonna zu malen? Die schwangere Madonna am Ort des Todes? Ist Kunst nicht immer Erinnerung an die Toten und nährt sich von Toten, wie der Baum, der aus dem Leib des sterbenden Adam emporwächst?
Diesmal läßt der Maler die Mönche mit ihren Fragen stehen, winkt ab.
Zuviel hat er schon verraten, schauen sollen sie und nicht fragen. Was gelungen ist, erklärt sich selber.

Wieder und wieder wird er dieses Mutterbild malen. Ist das die Heimkehr? Das Wiederfinden der verlorenen Erinnerung? Die Suche nach den Ursprüngen, nach der Mutter und der Geliebten, nach jener Göttin, die auch Mutter der Kunst ist und mit dem Tod verbunden bleibt?

Geometrie der Schlacht

Eine Schlacht kann man nicht malen. Diesen Satz hat der Meister Domenico oft wiederholt, wer zuviel Blut verspritzt, bewirkt nichts. Nicht, was wir sehen, bewegt uns, sondern das, was in unserer Phantasie sich entwickelt. Nur die Alpträume, die wir selber schaffen, quälen uns, nicht diejenigen, die man uns vorsetzt. Von der Sparsamkeit, die ausspart, sprach er, Wirkung ist nicht eine Frage der Emotion, sondern der Geometrie.
Die Worte des Meisters klangen nach. Nie hat er Schlachten gemalt, aber hier gehören sie zum Thema: Konstantin siegt über Maxentius, Heraklius überwindet Chosroës. Da hatte sich der alte Bicci in seinem Element gefühlt, schichtete in seinen Entwürfen die Leichen haufenweise, zerfetzte, bluttriefende Gestalten, höhnische Sieger, triumphierende Feldherren.

Wütend tritt er Biccis Entwürfe mit den Füßen; ins Feuer mit dem Zeug, befiehlt er dem Gehilfen und brütet über dem Karton. Auch Domenicos Rat hat er befolgt und sich bei den Alten umgeschaut, hat am Konstantinbogen und an der Trajansäule skizziert. Er hat sich in der Schlacht von Anghiari mitten im Kampflärm befunden, in dieser pazzia bestialissima, diesem viehischen Wahnsinn des Krieges, flatternde Pferdemähnen, erhobene Fahnen, Säbel und Dolche in den Händen der wild

Vorwärtsstürmenden, die Päpstlichen auf der einen, die Mailänder auf der andern Seite. Er hat die fallenden, durchbohrten Leiber gesehen, vom Rumpf getrennte Köpfe, herausquellendes Gedärm, gespaltene Schädel, das Triumphgeheul der Sieger, das Winseln der Opfer.
Immer neu setzt der Stift an. Menschen, die unter die Fahnen gerufen worden sind, Gesichter auf der einen, Gesichter auf der andern Seite, zwei Heere, er zieht den Fluß dazwischen, malt das eine Heer festgefügt, siegreich, das andere in Auflösung begriffen, auf der Flucht, dazwischen der Fluß, eine klare Wasserfläche, in der sich schon die Utopie des Friedens spiegelt, Häuserschatten aus einer sonnendurchfluteten Landschaft, die Fernsicht im Licht aufgelöst, ihm gehört der Triumph, nicht den Siegern . . .

»Wieder vergingen dreihundert Jahre. Da eroberte der Perserkönig Chosroës Jerusalem und raubte neben dem Tempelschatz auch das Heilige Kreuz. Doch der Kaiser Heraklius zog gegen ihn und tötete dessen Anführer . . .«

Diesmal das Getümmel, und darin –
man nimmt ihn zunächst nicht wahr, zu sehr wird der Blick hineingezogen, wider Willen, mitten ins Gewühl und Gedränge, in den Wirrwarr von Männerbeinen und Pferdehufen, von Lanzen und Schwertern, die sich ineinander verkeilt haben, von Gesichtern und Helmen, Formen, Farben und Flächen, Tumult und Getümmel. Man möchte

sich schon abwenden, möchte sich davonstehlen aus dem Lärm des klirrenden Blechs und der berstenden Lanzen, aus Männerschweiß und Raufe-rei.
Dann fällt der Blick unvermittelt auf ein Gesicht, eine zu Boden gefallene Maske. Daneben Spuren von Blut, kleine Flecke, kaum sichtbar. Diese verzerrte, leblose Miene kehrt das Männergeraufe ins Gegenteil, in ein sinnloses Gemetzel unter Fahnen, die dem Himmel sein Blau rauben. Und nun entdeckt man auch ihn, niedergeschlagen, vornüber geneigt, im Nacken Spuren von Blut, welche die Wangen sprenkeln. So kniet er da, eine vereinzelte Gestalt mit verkrampften Fingern, die in die Erde greifen. Von ihm geht der Blick unwillkürlich über einen Pferdehintern hinweg, trifft auf das Schwert, das in die Kehle eines Zurückweichenden stößt, ein Stoß, ausgeführt mit kalten Augen – die einzige Grausamkeit im ganzen Tableau. Und mit einemmal liest man nur noch diese Gesichter, eines nach dem andern, von eigenartiger Ruhe, eher verwundert als entschlossen, eher ratlos als kriegslüstern. Die Hinrichtung ist an den Rand des Bildes geschoben. Das Opfer kniet, von den Siegern umgeben, auf den Schlag des Henkers wartend. Für diesen Überwältigten spricht der leere Thron, für seine Schmach die geöffneten Hände, er erinnert eher an einen Apostel, der den Märtyrertod auf sich nimmt, als an einen heidnischen Spötter.
Warum trägt sein Gesicht die Züge von Gottvater im Bild der Verkündigung?
Keine Grausamkeit zeichnet die Sieger, weder Mit-

leid noch Verachtung, als wären sie von etwas angetrieben, was sie selber nicht begreifen. Warum gewährt keiner dem Treiben Einhalt?

Täglich die gleichlautenden Nachrichten in den Zeitungen:
Botschaften eines blutigen Sommers. Mit der Hitze wächst der Überdruß an Schreckensbildern.
Oder ist es diese Müdigkeit, die mich lähmt?
Wie wäre zu leben mit dem Gedanken, eine Krankheit in sich zu haben, zu wissen, die Zeit läuft unwiderruflich ab? Alles aus dieser Perspektive betrachten, jeden Schritt, den man tut, jeden Satz, den man schreibt.

8 Schreiben und Leben

Tag um Tag verstreicht, ich trage die Notizen nach, vielleicht auch bloß deshalb, um später nicht zu zweifeln, daß sich all das wirklich so zugetragen hat.

Ich bin nach Monterchi gefahren und muß zugeben, daß ich enttäuscht war. Die Friedhofskirche Santa Maria di Momentana, außerhalb des Ortes, auf einer Anhöhe über der Ebene gelegen, wirkt schon durch ihr Äußeres ernüchternd; düster und kahl erscheint auch das Innere, kalt und abweisend die schmucklosen Wände, als schmollten sie über den Auszug der Madonna. Diese ist, sorgfältig restauriert, im Ortsmuseum untergebracht, einem ehemaligen Schulhaus, wie ich mit Unbehagen, ja mit einem gewissen Erschrecken feststellte.

Und sie scheint noch immer ein Pilgerort für schwangere Frauen zu sein, die sich auf die Bänke im dunklen Raum setzen und ihre Bitten, Wünsche, Hoffnungen gegen das Schauglas flüstern, hinter dem die Madonna in künstlichem Licht strahlt, gelassen und abwesend, während aus dem Hintergrund Pergolesis Stabat Mater erklingt; aus Videokabinen säuseln Stimmen, welche das technische Verfahren der Restauration erläutern und immer wieder den Namen der Bank nennen, welche es bezahlt hat.

In aufwendigen Nachbildungen ist auch der Zyklus der Kreuzeslegende dargestellt: die zwölf Fresken vom sterbenden Adam bis zur Wiederauffindung des Kreuzes. Ich begriff, als ich den über dem Sterbenden zum Schreien geöffneten Mund sah, wie sehr das Lem fasziniert haben mußte.

Die junge Frau an der Kasse trug kurzgeschnittene, rot gefärbte Haare.
Mehr aus Spaß am Spiel als mit ernsthafter Absicht hielt ich der Kassiererin ein Bild von Lem unter die Nase.
Der Professore, sagte sie, lächelte.
Auch sie hatte ihn gekannt, ein regelmäßiger Besucher des Museums, ein Freund der Madonna, betonte sie, als hätte Lem die blaue Madonna öfter für den Ausgang abgeholt, wäre mit ihr über Land gefahren, hätte mit ihr irgendwo gespeist, geredet und sie spät in der Nacht zurückgebracht.
Ich wehrte ab, als sie von den Besuchen des Professore zu erzählen begann, von seinen Gesprächen mit dem Restaurator der Madonna, einem Herrn Botticelli, aber nicht Sandro, sondern Guido, fügte sie lachend an.
Warum nicht Sandro, sagte ich, der liebe Sandro und seine Venus mit dem hennaroten Haar. Verflucht seien alle Rothaarigen und Madonnen, zischte ich ihr zu. Ich wünschte mir, ich wäre nie in diese Gegend gekommen.
Sie sah mich verwundert an, lächelte, während ich das Foto einsteckte, verständnisvoll, als hätte sie es öfter mal mit Verrückten zu tun.
Meine Wut hielt an, als ich zum Parkplatz schritt, und wäre mir jetzt der Jagdwarenhändler oder der Küster über den Weg gelaufen, ich hätte mich

kaum beherrschen können, hätte tatsächlich wie ein Verrückter losgeschrien.
Ich fuhr ins benachbarte Anghiari, genoß den Blick in die staubige Ebene des Tibertales mit seinen grauerdigen Äckern. Ich setzte mich in ein Restaurant, bummelte anschließend durch die schmalen Gassen, ziellos, nur vom Gedanken besessen, möglichst spät in die Wohnung zurückzukehren, um dem gewiß wartenden Jagdwarenhändler ein Schnippchen zu schlagen und den spähenden Küster auf eine dunkle Wohnung blicken zu lassen.
Der Gedanke, sie würden mir vergeblich auflauern, vergeblich nach mir ausspähen, erheiterte mich, ließ mich die nachmittägliche Wut vergessen.
Der Zeiger der Turmuhr neigte sich gegen Mitternacht, aber noch immer bewegten sich auf den Plätzen und in den Straßen die Menschen, plaudernd, in kleinen Gruppen, und unten in der Ebene brannten und zuckten die Lichter von Sansepolcro.

Es mochte gegen zwei Uhr gewesen sein, als ich den Wagen auf dem Kiesplatz nah am Ufer parkte. Der See lag völlig unbewegt; auch überm Dorf eine vollkommene Stille, die Lichter in den Häusern waren gelöscht; nur die Lampen am Kai entlang brannten. Im Kriegsveteranendenkmal flackerte die rote Flamme. Ich blieb stehen, sah für einen Augenblick die verstümmelten Leichen des Krieges auf dem Balkan vor mir, ein Krieg, der uns beide erregt hatte.
Es bräuchte die kalte, scheinbar emotionslose,

aber detailgetreue Darstellung der Kriegsgreuel, die kein Entrinnen ermöglicht, Bilder von reglos ungerührten Vergewaltigern und Todesschützen, die spielende Kinder ins Visier nehmen, mit kalten ausdrucksstarken Gesichtern, ohne Regung, ohne Wimpernzucken, in die Menge der Frauen knallen, die wehrlos um Brot anstehen, Greise, deren Schädel von Granaten zerschmettert werden. Bilder, die nicht an Bildschirmen vorüberflattern, nicht Wissen und Sensationen vermitteln, sondern Erfahrungen nachvollziehbar machen. Denn in all den Worten und all dem Wissen, das Echtheit verheißt, bleiben die Erfahrungen, bleibt die Realität des Krieges ausgeklammert, ist das menschliche Leid verschwunden.
Lem hatte müde gewirkt, ruhelos, vielleicht auch verzweifelt.

Ich setzte mich auf die Kaimauer, folgte den Schatten im Wasser; die Bojen der ausgeworfenen Netze beschrieben eine schnurgerade Linie, welche direkt auf die Insel zuhielt, den Blick auf die Burgruine und das verlassene Kloster lenkte.
Was hatte Lem an diesem See gesucht, wie oft mochte er auf dieser Mauer gesessen und in die Weite des Sees gestarrt haben? Ich habe nicht anders als schreibend gelernt auf das zu reagieren, was vorgeht, in mir und um mich, sagte er, und nur im Schreiben finde ich manchmal etwas von dem, was ich gewesen bin und was ich sein könnte. Vielleicht ist Schreiben immer eine offene Wunde, in der sich die gute Gesundheit des Körpers ab-

reagiert: »Unsere Figuren reden auch über unsere Mängel«.
Wir sind Gezeichnete, bemerkte ich lachend. Oft fanden wir über solche Sätze zum Scherzen über unser allmählich anbrechendes Greisenalter, unsere zunehmende Vergeßlichkeit und über die euphorischen Hoffnungen und hochfliegenden Pläne, Projekte und Utopien unserer Jugend.
Aber so leicht treten wir nicht ab, sagte Lem in solchen Situationen, noch sind wir da, mit welken Köpfen zwar, aber mit ungetrübten Gedanken. Ein Trotz klang auf, der jede Resignation von sich wies, sich kämpferisch gab und entschlossen, als wolle Lem noch einmal auf die Barrikaden steigen. Und es schien mir geradezu undenkbar, daß er auch nur im entferntesten daran denken könnte, sich etwas anzutun.
Doch was bedeutete sein Untertauchen? Wo vor allem war die Verzweiflung, die einen dazu bringt, zu verschwinden? Manchmal überwiegt der Ärger meine Fragen, dann wieder die Sorge um Lem.
Ich wünschte mir in dieser Nacht, er säße an meiner Seite auf dieser Ufermauer, und wir lachten gemeinsam in diese Nacht hinaus, lachten über Küster und Jagdwarenhändler, über reservierte Gräber und vorgesehene Grabsteine, über Hautschorf und marienkäferrote Haare, über die Bocksprünge der italienischen Politik und die wenig rosigen Aussichten am Ende des Jahrtausends.
Wo bist du, fragte ich in die Nacht hinaus und wurde wieder das Gefühl nicht los, er sitze irgendwo in der Nähe und sehe mir zu. Meine Stimme verhallte

im Dunkel, verfing sich in Netzen und Reusen, im Geruch der toten Fische, die in Mülltonnen verwesten.

Ich fand die Haustür, die ich geschlossen hatte, leicht angelehnt, nichts schien verändert, als habe jemand bloß mal nachgesehen. Nur der Brief, den ich liegengelassen hatte, schien eilig in den Umschlag zurückgesteckt.
Der Leser oder die Leserin des Briefes mochte von seinem Inhalt ebenso enttäuscht sein, wie ich es gewesen war. Ottendorf schrieb nichts Außergewöhnliches. Der Brief eines kranken Mannes, der sich in den Bergen von seiner Hautallergie zu erholen schien, einer, und dieser Gedanke belustigte mich nicht wenig, den es aus dem Arbeiter- und Bauernstaat in die sibillinischen Berge verschlagen hatte, ein vom Hautjucken geplagter Lektor für neue deutsche Literatur und offensichtlich Kenner der Malerei der frühen Neuzeit, der Lem die Kenntnisse für seine Studien vermittelt hatte.
Ich machte mir über den heimlichen Leser des Briefes keine Gedanken, ich hatte die Fahrt in die sibillinischen Berge ohnehin für den nächsten Tag geplant.
Würde Osch Ottendorf sein oder nur eine Ausgeburt von Lems Phantasie oder eine Darstellung seiner eignen Ängste?

Lem und ich hatten oft darüber geredet, wie eine Romanfigur entsteht, wie nah sie dem Leben sei. Ich sehe Lem noch einmal triumphieren und sich

selbst zitieren: Es gibt keine objektive Wahrheit, pflegte er zu sagen, es gibt nur Wahrheiten, und jede ist eine perspektivische Schätzung.
Schreiben und Leben?
Er liebte diese Fragen nicht, auch wenn sie ihn unablässig beschäftigten. Man weiß nie genau, warum man sich gerade diesem Stoff zuwendet, sich von ihm faszinieren läßt und nicht von einem andern; es ist sowenig zu erklären wie das, was einen dazu bringt, jemanden zu lieben.
Nur im Erzählen schien Lem sich überhaupt wahrzunehmen. »Nie gehört uns das Leben so sehr«, war einer seiner Lieblingssätze, »als wenn wir es erfunden haben.«

Osch ergab sich. Er tat das immer in Situationen, von denen er wußte, er kontrollierte sie nicht. Arzt- und Spitalbesuche gehörten dazu, der Gang zu irgendwelchen Ämtern, zum Steueramt, zur Polizeistation; und selbst die seltene Konsultation beim Zahnarzt oder gelegentliche Besuche beim Coiffeur ließen ihn den ganzen Verdruß des Daseins spüren und in eine Stimmung der Untröstlichkeit fallen. Um unnötige Konflikte zu vermeiden, fügte er sich meist ein, gab jeden Widerstand auf, wurde noch einmal das Kind, das sich denen überläßt, die, durch Regeln und Gewohnheiten gestärkt, die Wege zu kennen glauben, und dies mit dem höflich befehlenden Ton in der Stimme, der Widerspruch schon im Keim erstickt. Im Laufe der Jahre hatte er gelernt, diesen Ton, der Ärzte, Polizeidiener, Finanzbeamte und Vorzimmerdamen verband, in seinen Nuancen wahrzunehmen und Widerstand immer dann aufzugeben, wenn er zum Konflikt führen würde.
Die Stimme Schwester Ilarias, welche ihn auf der Station in Empfang genommen und auf die ersten Tests vorbereitet hatte, ließ in ihrer sanft-höflichen Bestimmtheit keinen Zweifel aufkommen. Zudem hatte ihn der kurze Gang durch die Korridore der psoriarischen Abteilung mit dem Blick auf die verschorften Gesichter der Patienten ohnehin eingeschüchtert und soweit gezähmt, daß sich eine Regung zum Widerstand gar nicht einstellte. Er verscheuchte seine Angst hinter einem trotzigen Lachen.

Osch ließ den grauen Briefumschlag, den ihm die Schwester aufs Bett gelegt hatte, eine Weile ungeöffnet. Er hielt sich an den Metallstäben seines Bettes fest und folgte den handgeschriebenen Schriftzeichen, blaue Buchstaben, einzeln hingesetzt, bedächtig zu Wörtern gefügt. Schon das genügte, um die scheinbar verblaßten Bilder wachzurufen, er wußte, er müßte den Umschlag gar nicht erst öffnen. Sie hatte ihm geschrieben, er hatte nichts mehr zu befürchten. Er war, ohne daß er den Umschlag geöffnet hätte, mit einemmal sehr ruhig, nur manchmal, wenn seine Finger das graue Papier streiften, zuckten seine Hände leicht, als schreckten sie vor etwas zurück.
Das Spiel, das er mit Vergnügtheit spielte, bewegte ihn, die Berührung ließ ihn zusammenzucken, aber seine Haut blieb sonderbar ruhig, kein Kribbeln und Frösteln.
Die Schwester sah ihn verwundert an, als sie das Zimmer betrat und er ihre Ankündigung einer weiteren Folge von Allergietests nicht mit der üblichen Zerknirschung im Gesicht, das einzige, was er als Widerstand wagte, aufnahm, sondern gleichgültig, beinahe gelöst, als hätte sie ihm ein günstiges Attest oder gar die Heilung angekündigt. Nicht einmal ihre Anspielung auf den Brief ärgerte ihn. Bereitwillig streckte er ihr den Arm hin, damit sie weitere Hautquadranten ritzen und mit der Tinktur reizen konnte. Eines weiß um das andere, dachte er, und diese Entdeckung schien ihm neu und erregend zugleich, daß er immerzu nach Worten hätte suchen wollen, wenn da nicht diese

Schwester mit ihren Tinkturen und Nadelsets gewesen wäre und auf seinem Arm Hautfelder markiert hätte.
Und immer, wenn er vor Schmerz stöhnen wollte, fiel ihm der Brief wieder ein.
Auch als die Schwester sich für einen Augenblick entfernt hatte, drehte er den Brief noch eine Weile ungeöffnet in den Händen.
Während die Schwester auf seinem Oberarm erneut Hautquadrant um Hautquadrant ritzte und mit Tinktur einfärbte, gab sich Osch ganz seinen Bildern hin, ließ sich wegtragen, als wäre er in einem Flug begriffen. Und nicht mal der stechende Geruch der Tinktur, der in seine Nase stieg, und die mitunter ruppigen Bewegungen der Schwester, die mit Hautschaber und Messer seine Haut traktierte, konnte ihn aus seinen Träumereien lösen.
Und als er später die Zeilen las, war ihm, als ginge er über Sand, ganz leicht, ein wenig über der Erde. Er las langsam, Wort für Wort, und jedes einzelne erzählte ihm eine Geschichte. Die Worte schienen zu klingen wie ein Singsang, der in regelmäßigem Rhythmus in die Stille plätscherte und mit leisem Echo aufschlug, ein Widerhall, der nur langsam verklang. Obwohl die Karte, im gleichen Grau des Umschlages, nur wenige Sätze enthielt, wurden sie ihm zu einem ganzen Buch. Er pickte Wörter heraus, sprach sie langsam aus und war jedesmal von neuem überwältigt, daß sie jemand für ihn geschrieben hatte. Die Schwester fand ihn wie einen, der von einer langen Reise zurückgekehrt ist.

Wir wissen umeinander, hätte er der Schwester am liebsten zugerufen, um jemandem zu sagen, was ihn bewegte.

Osch verließ das städtische Spital mit einem Computerausdruck aller durchgeführten Allergietests und den dabei beobachteten Reaktionen. Die Resultate müßten allerdings, so teilte man ihm mit, noch ausgewertet und zu einer endgültigen Diagnose vertieft werden. Daraus werde man dann ein Programm für ihn entwickeln. Wir entwerfen ihnen einen eigentlichen Lebensplan, sagte der Arzt. Osch ahnte schon die Verbote und Einschränkungen, die ein solcher Plan mit sich bringen würde, aber er blieb gelassen.
Der Arzt beschied ihn, in zwei bis drei Wochen vorbeizukommen, um die Auswertung zu besprechen. Osch nickte, er wußte, die Auswertung würde gewiß mehr Zeit in Anspruch nehmen, inzwischen würde er noch seinen eigenen Lebensplan verfolgen können.
Sein Gepäck wog leicht, der Brief nahm ihm all sein Gewicht. Er beschloß, kein Taxi zu nehmen, sondern zu Fuß ins Zentrum zurückzukehren, obwohl der Morgen schon sommerlich heiß war. Mit einer Gelassenheit, die ihn selber erstaunte, hatte Osch die Tage im Spital verbracht, mit Belustigung hatte er die Schürfspuren auf seinem Oberarm zur Kenntnis genommen, farbige Felder, Schlachtfeldern gleich, leicht voneinander abgesetzt. Er hatte sich vorgestellt, wie sie sich ausbreiten würden.
Hautkultur, hatte er zur Schwester gesagt, hier

werde Kultur noch wörtlich genommen, da werde wirklich gepflanzt und angebaut; eine wahre Anbauschlacht, denke er, wenn er all die Felder betrachte, nun werde er endlich zum kultivierten Menschen. Sie ging auf seine matten Scherze kaum ein, sie begriff nicht, warum er so gelassen blieb, es sogar zu genießen schien, daß seine Haut von Bakterien traktiert wurde.
Osch verbrachte die Tage in Ruhe und Gelassenheit, sie erlaubten ihm, in aller Stille seinen Gedanken nachzuhängen. Manchmal zog er den Brief hervor, betrachtete den Umschlag, die Marke, den Stempel, die Adresse, er zog die Karte heraus, las wieder und wieder die Sätze, obwohl er sie längst auswendig kannte. Er las so langsam, als läse er zum ersten Mal.
Und manchmal legte er sich die Worte für eine Antwort zurecht, Satz für Satz.
Aber er schrieb sie nicht.
Nun ist diese Schonzeit vorbei, sagte er sich. An der Piazza Matteotti kaufte er sich eine Zeitung, setzte sich an einen Tisch auf dem Gehsteig und fühlte sich als glücklicher Mensch. Er überflog die seitenlangen Reportagen über den noch immer währenden Krieg: die bekannten Bilder. Gewiß würde Professor Albinoni von der historischen Fakultät ein Seminar zum Wiederaufkommen nationalistischer und faschistischer Tendenzen abhalten, in einer Vorlesung die Aussichten auf den Bürgerkrieg am Beispiel Osteuropas erläutern und Thesen zur friedlichen Konfliktlösung formulieren. Damit hätte die Wissenschaft ihren Beitrag

geleistet, und mit einer Solidaritätskundgebung der Universität für die zwangsumgesiedelten Opfer des Krieges könnte der schwelenden Empörung unter den Studierenden begegnet werden. Dieser Gedanke tröstete Osch, er las ausgiebig die Kultur- und Sportseite, ließ sich den Kaffee und die Hörnchen schmecken.

Sie hob gleich ab, schlug jedoch seinen Besuch oder ein Treffen für den Augenblick aus, sehr entschieden. Sie stimmte aber, wenn auch leicht zögernd, wie ihm später erschien, einer Verabredung für den Abend zu. Er war enttäuscht, er hätte zu warten, lange Stunden bis zum Abend.
Er schlenderte zunächst ziellos auf dem Corso herum, schaute in der Universität vorbei und begab sich dann in seine Wohnung. Seine Entschlossenheit half wenig, er fand nicht in eine Arbeit, ging statt dessen einkaufen, später begann er die Wohnung aufzuräumen.
Der Novalis-Band, den er aus dem Gestell gezogen hatte, blieb ungelesen liegen, zu heftig war seine Unruhe, zu tief seine Enttäuschung.
Erst als er sich Stunden später, eine wie kaum je zuvor aufgeräumte Wohnung zurücklassend, auf den Weg machte, fühlte er sich wieder in euphorischer Stimmung.
Er fand sie gedämpft und sonderbar in sich gekehrt. Sie hörte ihm wohl zu, gab aber nur selten und zögernd Antwort.
Und als er endlich nach Gründen fragte, wich sie aus, schützte Müdigkeit und Überarbeitung vor.

Erst als sie beim Essen saßen und er sie nach ihrer Arbeit fragte, sie hatte im Brief einen Neuanfang angedeutet, löste sich ihre Stimmung, sie erläuterte, eher widerwillig, wie ihm schien, ohne Begeisterung jedenfalls, ein neues Konzept, das eine Einschränkung der Fragestellung und damit eine Vereinfachung mit sich bringe, eine, jenseits der bekannten Theorien, neue Art der Fragestellung. Vielleicht müssen wir die Einheit der Bilder nicht in einem äußeren, einem historischen Moment suchen, sondern in einem inneren, existentiellen. Das ergibt aus Teilen, Szenen, offenen und versteckten Motiven, ein Gesamtbild, wie ein Buch, das aus verschiedenen einander scheinbar fremden Teilen besteht, die zusammen ein Puzzle, eine Art Rätseltext ergeben, der wie in einer Detektivgeschichte auf den Spürsinn des Lesers vertraut.
Er betrachtete, während sie sprach, andauernd ihr Gesicht, als müßte er in ihren Augen lesen, was er nicht glauben konnte. Sie ließ sich durch seine Blicke nicht ablenken, lächelte über den Eifer seiner Augen, mahnte ihn, seine Vorspeise nicht zu vergessen.
Dieses neue Lesen der Bilder, fuhr sie fort, nimmt die ursprüngliche Absicht der Maler, die immer in Teilen das Ganze erahnbar machen, auf und verbindet es mit der Betrachtungsweise heutiger Menschen, welche es gewohnt sind, nur noch aus Bruchstücken zu schließen.
Er hätte am liebsten gleich den Kellner gerufen, um zu bezahlen und mit ihr nach Hause zu gehen, wie er sich das seit Tagen, durch zweiundfünfzig Aller-

gietests hindurch, ausgemalt hatte. Alles war ihm dabei so selbstverständlich erschienen, die Gesten und die Sätze. Sie verriet keine Ungeduld, aß langsam, fand Zeit für ihre Worte.

Vielleicht liege darin, sagte sie, die Aktualität der Renaissance, daß sie auf den zerbrechenden mittelalterlichen Kosmos, der eine in sich geschlossene Einheit dargestellt habe, eine Antwort versucht hätte, die von den Teilen ausgehe und den Menschen als einen ernst nehme, der immer neu diese Einheit zu schaffen habe, was ihn auf sich zurückwerfe.

Er nickte immer wieder, während sie sprach, er hatte das Gefühl, sie dehne ihre Ausführungen in die Länge, benutze sie als Ablenkung, als wollte sie verhindern, daß er Fragen stellen, das Gespräch auf andere Dinge lenken könnte. Sie hält dich auf Distanz mit ihren Worten, registrierte Osch mit Unwillen. Er dachte an all die Worte, die er ihr hatte sagen wollen, fand sie jetzt aber unangebracht und verschob sie auf einen späteren Zeitpunkt. Die Musik im Lokal störte ihn, er aß schneller, als er wollte, fand sich vor einem leeren Teller, während sie eben erst angefangen hatte, ihren Fisch zu zerlegen.

Du bist zu schnell, dachte Osch und schenkte Wein nach, fand noch ein paar Kartoffelplätzchen in seiner Beilageschüssel und schöpfte sie auf den leeren Teller.

Sie hielt mit einemmale mit Essen inne, sah ihn ratlos vor dem leeren Teller sitzen.

Wir essen wirklich aneinander vorbei.

Zuerst schaute er verlegen auf, dann lachte er auch.
Vielleicht finden wir noch ein gemeinsames Tempo, sagte sie, oder es ist auch dafür zu spät.
Es gelang ihm jetzt wenigstens, ihr ein Kompliment zu machen. Er hatte nicht erwartet, daß sie erröten würde.
Er wünschte sich nur noch einen Kaffee und die Rechnung. Als sie auf einem Dessert bestand, begriff er endlich, daß sie Zeit brauchte, und überließ ihr die nächsten Schritte.
Sie nahmen den Weg über den Corso hinunter zur Porta Santa Susanna, wo die Stadt in die Hügel ausmündete, die sommerlich ausgebrannt in kargem Gelb sich am Horizont verloren.
Osch schien, während sie gingen, sie schritte in einem unmerklich kleinen Abstand neben ihm, als versuchte sie wieder, ohne schroff und abweisend sein zu wollen, Distanz zu wahren. Er verfiel schon wieder in Zweifel und fragte sich, ob die Zeilen, die sie ihm geschrieben, schon nicht mehr gälten.
Manchmal, sagte sie, als hätte sie seine Gedanken erraten, verändere sich eine Situation so schnell, daß man kaum Zeit finde, sich darüber klar zu werden, zu verstehen.
Er stutzte, fragte aber nichts.
Sie erwähnte noch einmal, kurz und beiläufig, wie bedeutend Pest und Tod für die Malerei des 15. Jahrhunderts gewesen seien, aber man wisse doch erst, was das bedeute, wenn man selber damit zu tun habe.
Was willst du damit sagen?

Sie schwieg, ihr Körper bebte leicht. Langsam formten sich Silben wieder zu Worten, die kollerten, rollten, immer schneller wurden, ein Rinnsal, das anschwoll zum Strom.

Hatte er überhaupt begriffen? Nahm er wahr? Oder war er längst woanders? Hörte die Worte. Und hörte sie doch nicht. Versuchte wegzuschieben, mit Gewalt wegzudrängen. Schaffte es nicht. Er hatte Endgültigkeit nie ertragen, sich nie abfinden können, hatte sich immer gewehrt, bis zuletzt. Und nun diese Ströme, die ihn überrollten, langsamer wurden mit einemmal, versiegten allmählich.
Irgendwann Stille.
Und noch immer dieser Wunsch, das sei nicht gewesen, er hätte nichts gehört, nichts wahrgenommen, es wäre nur ein böser Traum gewesen, den ein lichter Morgen verscheuchen würde.
Und, als bedürfte es noch eines Beweises, rollte sie den Ärmel ihrer Bluse hoch und drehte die Innenseite ihres Armes nach außen.

9 In den sibillinischen Bergen

Obwohl die Reiseführer die Valnerina als romantischste Gegend Umbriens preisen, versagte ich mir Zwischenhalte. Nicht einmal die Mumien von Ferentillo, laut Führer besser erhalten als jene von Gizeh, konnten mich von diesem Grundsatz abbringen, zu groß war meine Neugier auf die Begegnung mit Ottendorf, der mir ähnlich präpariert schien wie eine Mumie, hilflos den Launen eines Autors ausgeliefert, durch Städte, staubige Straßen und Zweifel gehetzt, in Grübeln und Sehnsüchte versenkt, in Hautjucken und Expressionismusdebatten gebeutelt, durch bleiche Haut und Wangengrübchen verwirrt, Hautkliniken und Ärzten ausgesetzt, was mußte einer in einem Buch nicht alles erdulden. Mit Ottendorf würde ich endlich einer Romanfigur begegnen, der ich für all das, was ihr durch die wenig nachsichtige Phantasie eines Autors widerfahren war, mein herzliches Beileid aussprechen konnte. Diese Aussicht erheiterte mich ebenso wie der Gedanke, daß Lem in meinen Aufzeichnungen selbst zur Romanfigur wurde, eine für mich gewiß irritierende, letztlich aber, wie mir schien, durchaus logische Entwicklung. Wer sich, wie Lem, nicht mehr zu Wort meldete und aus der Wirklichkeit verschwand, mußte damit rechnen, Fiktion zu werden. Und als solcher könnte er auch verschwunden bleiben.

In Norcia hielt ich kurz an, fand, außer einer Skulptur, die vorwurfsvoll auf die brüchige Kirchenfassade blickte, kaum Spuren des Heiligen Benedikt. Dafür zogen die zahlreichen Wurstwarengeschäfte mit ihren üppigen Auslagen die Aufmerksamkeit auf sich; überall Schinken, grinsende Wildschweinköpfe, Trüffel und Maultierhoden. Nichts von all dem reizte mich.

Als ich nach einer abenteuerlichen Fahrt über eine schmale und kurvenreiche Naturstraße das Hochplateau des Piano Grande erreichte, befiel mich eine seltsame Beklemmung. Sie wurde durch die Kargheit der Ebene, die sich kilometerweit zwischen kahlen Bergen ausdehnt, noch verstärkt. Ich fuhr langsam auf der schnurgeraden Straße, die auf den Ort zuhielt, der am Ende der Ebene als Ansammlung baufälliger Häuser sich über einen Buckel erstreckte, man wähnte sich am Ende der Welt.

Ich nahm im einzigen Hotel des Ortes, dem Albergo Sibilla, ein Zimmer, genoß den Blick vom Fenster hinunter auf die Ebene und hinauf zu den Bergen.

Drachen jagen oder Drachenfliegen, fragte mich der Hoteldiener in gebrochenem Deutsch. Als ich ihn erstaunt ansah, erklärte er, seit einigen Jahren kämen viele Deutsche hier herauf, die einen ließen sich als Drachenflieger von den Hügeln in die Ebene gleiten, die andern suchten auf Tannhäusers Spuren die einst von Drachen bewachte Grotte auf; Tannhäusers Venusberg, schmunzelte er.

Ich sei weder Flieger noch Jäger, entgegnete ich und wandte mich ab.

Ich kam erstaunlich rasch auf Ottendorfs Spur.

Der Wurstverkäufer vor dem Hotel beschrieb mir den Weg und das Haus, nachdem ich ihm zwei Wildschweinsalami abgekauft, die Option auf einen Schinken geltend gemacht und mir eine Schilderung der Probleme des Dorfes angehört hatte.
Ottendorfs Gesicht erschien langsam im Fenster, wuchs an langem Hals heraus, pockennarbig, grinsend, den breiten Unterkiefer weit vorgeschoben; lebhaft helle Augen unter einem blonden Haarschopf betrachteten mich aufmerksam, eher vergnügt als unwillig.
Pfeiferauchend hörte er sich meine Ausführungen an, schien überrascht, als ich von Lems Verschwinden sprach. Er komme gleich herunter, er müsse sich bloß erst ein Hemd und eine Hose anziehen.
Ottendorf, ich schätzte ihn fünfunddreißig bis vierzig Jahre alt, erwies sich als schlaksiger Hühne. Er wirkte, zu meiner Überraschung, nicht wie einer, der durch eine Krankheit gebeutelt ist, er schien im Gegenteil heiter und vergnügt. Er erwähnte wohl sein Hautjucken, aber eher beiläufig, als spräche er von etwas, was gewiß nicht sein müßte, aber auch nicht übermäßig herausgestellt werden sollte. Eine Unpäßlichkeit, sagte er, aber andern fehlt ein Bein oder die Einsicht in ihre Schizophrenie, und das ist weit schlimmer.
Ottendorf lachte, fragte, ob ich gut zu Fuß sei, wir könnten den Pfad auf den Berg nehmen, gehend spreche es sich leichter, und oben am Pilatus-See wasche man sich die Hände über alles Gesagte in Unschuld; der kleine See unterhalb des Pizzo del

Diavolo und der Monte Sibilla seien die mythischen Orte dieser Gegend.
Auf meine Frage, wie es sich lebe hier oben, am Ende der Welt gewissermaßen, ging Ottendorf nicht lange ein. Er habe sich eingerichtet, habe seine Bücher, täglich diese Ebene vor Augen, menschenleer, die Berge kahl; auch im Dorf kaum Menschen, denen er begegnen müsse, keine unnötigen Gespräche, kein Small-Talk. Für ihn sei das der ideale Wohnort in diesen Zeiten zunehmender Ratlosigkeit, hier sei er fern von Debatten und Disputen, eine letzte Zuflucht.
Ottendorf, noch immer Pfeife rauchend, schritt zügig voran, obwohl der Weg rasch anstieg. Ich hatte Mühe mitzuhalten.
Ich weiß nicht mehr, warum ich zunächst nicht nach Lem fragte, was naheliegend gewesen wäre, sondern auf diese Frau zu sprechen kam.
Ottendorf schien nicht überrascht.
Er wisse nichts Genaues, aber andeutungsweise habe Lem darüber gesprochen, eine Begegnung auf irgendeinem Kongreß, aber sie müsse Lem sehr tief gegangen sein.
Eine Frau mit roten Haaren, fragte ich.
Wie ich darauf komme?
Ottendorf lachte.
Eine Vermutung, wich ich aus.
Er habe eher auf eine unscheinbare Erscheinung geschlossen, still und zurückhaltend, da würden rote Haare nicht passen, obwohl rot noch immer in Mode sei, die Farbe dieser Zeit oberflächlichen Zaubers.

Ottendorf verlor sich in einer Schilderung über das Elend der Epoche, in der Worte nichts mehr bedeuteten. Viel Tratsch und wenig Einsicht, sagte er.
Ich keuchte hechelnd hinter Ottendorf den steilen Bergpfad hinan, fand vor lauter Keuchen keine Möglichkeit, Ottendorfs Tirade zu stoppen und das Gespräch zu jenen Themen zurückzuführen, die mich in diese unwirtliche Berglandschaft geführt hatten. Ottendorf ließ sich nicht aufhalten, sprach und rauchte und schritt voran. Das Gelände wurde immer kahler, staubiger, eine vegetationslose Einöde, ein Niemandsland, und weit unten der Piano Grande.
Nach einem eher hektischen, manchmal im Reden, manchmal im Schweigen vollzogenen Aufstieg erreichten wir den Grat zwischen den Gipfeln.
Ottendorf stand, einem Denkmal nicht unähnlich, auf dem felsigen Grat, wies mit der Hand auf eine Senkung des Pfades, der zu einem See hinabführte.
Hier oben, sagte Ottendorf, hört jedes Gefühl für die Zeit auf. Er deutete in die Tiefe. Der Pilatus-See, sagte er, war im Mittelalter ein Kultort der Schwarzkünstler, die von den Dämonen im See ihre Bücher beglaubigen ließen. In diesen Bergen haben alle Zuflucht gesucht, Häretiker und Heilige, Sünder und Gauner, Magier und Mönche.
Mönche?
Der unglückliche Jacopone von Todì und seine Anhänger, im Dom zu Prato hängt sein Bild.
In Lems Zimmer hängt es auch, sagte ich.

Ottendorf verlor sich in Schilderungen quer durch die Jahrhunderte, vom Sonnenkult auf dem Monte Sibilla bis hin zu Tannhäusers Lustbarkeiten mit der Sibylle in der Grotte.
Ich ließ ihn reden. Und als er endlich schwieg, schritten wir wieder eine Weile wortlos hintereinander, wuschen unsere Hände im dunkelblauen Wasser des Sees, erreichten nach einem weiteren Aufstieg den kahlen Gipfel des Monte Vettore.
Er habe oft mit Lem hier oben gestanden, sagte Ottendorf. Und er begann nun, während wir uns an den Abstieg machten, von seinen Begegnungen mit Lem zu sprechen, eine Freundschaft würde er das nicht nennen, ein regelmäßiger Gedankenaustausch sei das schon eher gewesen, man habe über Bücher und Formprobleme gesprochen, über Kunst und Krankheit, manchmal, aber selten, auch über Frauen.
Wann er Lem zum letzten Mal gesehen habe?
Ottendorf sah mich erstaunt an.
Das sei nicht lange her, zwei, drei Wochen vielleicht, ganz genau könne er das nicht mehr sagen.
Und wo?
Hier oben natürlich, gab Ottendorf zurück, Lem sei häufig hier heraufgekommen, der Piano Grande, die kahlen Berge, ein guter Ort, um zu vergessen –
Ich sah Ottendorf fragend an.
– und sich zu beschäftigen, ergänzte er, der Zyklus um die Kreuzeslegende und andere dargestellte Stoffe auf den Bildern des Malers aus dem Borgo. Lem ist diesen Spuren nachgegangen, vielleicht

weil bei diesem Maler alles Dargestellte immer nur Annäherung ist, ein feingesponnenes Netz von Anspielungen. Unwillkürlich nimmt der Betrachter sie auf und sucht die verwischte Spur, als gelte es, ein Geheimnis zu lösen. Piero malt Bilder wie Kriminalromane.

Ottendorf war erneut in Schwung geraten und kaum noch zu bremsen. Ob ich die »Geißelung« kenne, fragte er mich, als ob ich einer seiner Studenten wäre und eine Prüfung abzulegen hätte.

Was er meine?

Die Geißelung Christi, ein Bild von Piero, nicht weit von hier. Ottendorf deutete über die Berge. In der Galleria Nazionale von Urbino, wo Piero ja öfters gemalt habe.

Also doch Piero, seufzte ich, ich sei in Monterchi gewesen, eine schwangere Madonna.

Monterchi sei nicht so wichtig.

Schon wieder diese Überheblichkeit, dachte ich.

Ottendorf überging meine fragende Miene.

Die Geißelung sei von Bedeutung, eine kleine Bildtafel, sehr geheimnisvoll, ein ikonographisches Rätsel, über das sich die Fachleute schon seit Jahrhunderten den Kopf zerbrächen, weil vieles an dem Bild, außer der Urheberschaft Pieros, unsicher sei, kein Datum, kein Auftraggeber, nicht einmal das Bildsujet sei eindeutig festzulegen, denn neben der in den Hintergrund gerückten Geißelung sei ein zweites Bild angefügt, drei Männer rechts im Vordergrund, die, ihrer Kleidung gemäß, aus Pieros Gegenwart stammten. Ein Bild also, wandte sich Ottendorf mir zu, mit Zeichen und Hinwei-

sen, über die sich lange debattieren lasse, vielleicht eines der geheimnisvollsten Bilder der Welt.
Ich wünschte Ottendorf den schlimmsten Juckreiz seines Lebens.
Was hat das mit Lem zu tun? fragte ich in einem Ton, der meinen Ärger deutlicher zum Ausdruck brachte, als ich beabsichtigt hatte.
Ottendorf ließ sich dadurch nicht irritieren.
Ich solle mir vor allem die Männer ansehen, den dritten besonders, der nochmals aus dem Rahmen falle, allein schon durch seine Kleidung.
Warum sich Lem mit diesem Bild so ausführlich beschäftigt habe.
Ottendorf zuckte vielsagend mit den Schultern, sein überlegenes Lachen ärgerte mich.
Ein Roman vielleicht, Schreiber fänden ja überall ein Thema und machten daraus ein Buch –
Und er sei darin die Hauptfigur, sagte ich zu Ottendorf, ein hautkranker Privatdozent, der sich in seiner Wanne mit Juckreizen und Sehnsüchten plage, aufgerieben von Jagden nach Liebe und der Suche nach dem großen Essay.
Ottendorf stutzte einen Augenblick, schien zum ersten Mal sprachlos, das sei nun ein schlechter Scherz, eigentlich nicht zum Lachen, denn schließlich sei Lem –

Ottendorf brach das Gespräch unvermittelt ab, überging meine weiteren Fragen, empfahl mir ein kräftiges Essen in der Trattoria von Signora Marcella, Wildschweinsalami und geräucherten Bauchspeck als Antipasto, Castellucio-Linsen mit

Schweineschwarten oder gefüllte Tauben mit roten Bohnen als Hauptgang.
Lem hat das gemocht, schloß Ottendorf augenzwinkernd.
Er wandte sich seiner Wohnungstür zu, drehte sich nochmals um.
Halten Sie sich an den dritten Mann, der war schon immer wichtig, lange vor Harry Lime.

10 Nacht im Hotel

Noch völlig benommen von Ottendorfs Worten kehrte ich ins Hotel zurück, der Wurstverkäufer versuchte, mich zur Einlösung meiner Option auf einen Schinken zu bewegen und mir zudem ein Paket Linsen anzudrehen, Castellucio-Linsen, sagte er, eine ganz besondere Sorte, auffällig durch ihre ungewöhnliche Zartheit und die unverwechselbare rote Farbe.

Ich wehrte ab und verschwand im Hotel.

Tief unter meinem Fenster erstreckte sich der Piano Grande, langsam glitten die Schatten der Wolken über die Ebene, eine dunkle Herde, die mich an eine Sonnenfinsternis denken ließ. Sie hätte all dem an Verdunkelung entsprochen, was mir seit meiner Ankunft zugestoßen war. Ich spähte die Straße entlang, die als staubige Linie die Ebene querte und sich zwischen den Hügeln verlor.

Was hatte Lem in dieser Einöde gesucht?

Hatte ihn die abweisende Herbheit dieser Berge angezogen, all die Mythen und Legenden, die sich mit ihnen verbanden?

Ich wußte von seiner Vorliebe für verlassene Landschaften, Hochtäler, Schneefelder, menschenleere Strände. Gewisse Gegenden, sagte er, regen die Phantasie an, sie können Anlaß werden für Gedanken von Toren und Weisen, von Gaunern und Eremiten.

Ich hielt diese Vorliebe für eine Marotte, so wie er sich manchmal für ausgefallene Ideen begeistern konnte, um seinen Eigensinn zu bestätigen oder zu demonstrieren. Vielleicht mochte darin der Grund liegen, der ihn zu seiner Beschäftigung mit den Bildern Pieros angestachelt hatte, ein Maler, so scheint es, der selber auch von Eigensinn gedrängt schien, mit bäurischer Sturheit seinen Weg gegangen war und mit Traditionen und Motiven sein Spiel getrieben hatte.

Lem mußte dieses Spiel gefallen haben, diese sich hinter rationaler Komposition verbergende Vieldeutigkeit.

Beim Anblick dieser Hochebene wuchs in mir die Überzeugung, diese Pierostudien von Lem seien nur ein Vorwand oder eine Ablenkung.

Doch wofür und wovon?

Ich wußte es nicht. Und das ärgerte mich zusehends. Ich geriet von einer Sache zur andern und entfernte mich gegen meinen Willen immer weiter von dem, was ich suchte.

War am Ende auch das angebliche Verschwinden Teil des Spiels, das sich bald einmal als Komödie oder Tragödie entpuppen würde?

Oder verbarg sich dahinter eine Verzweiflung, deren Grund ich noch immer nicht ahnte?

Ich trat ans Fenster, blickte hinunter auf die Ebene des Piano Grande, wo in den Feldern der Klatschmohn blühte, und selbst die kahlen Berge nahmen, in die untergehende Sonne getaucht, ausgerechnet jene Farbe an, die ich nicht mehr vertrug.

Mit meinem Ärger wuchs auch der Hunger, ich ging hinunter, trank an der Bar einen Weißen, fand Bücher und Broschüren über die Abenteuer im Paradies der Sibylle. Ich kaufte ziemlich wahllos einige, steckte sie ein und machte mich auf den Weg.

Die Signora Marcella empfing mich ausgesprochen freundlich. Sie führte mich an jeden einzelnen der weiß gedeckten Tische, beschrieb dabei ausführlich die Menuvorschläge des Hauses und gab immer wieder ihrer Freude Ausdruck, daß ich an diesem Abend ihr Gast sein würde.

Ich wählte einen Fensterplatz, überließ Signora Marcella die Zusammenstellung einer Vorspeise nach der Art des Hauses, entschied mich für die hausgemachten Nudeln mit Steinpilzen als ersten und Kalbsnuß vom Grill als zweiten Gang. Ich ignorierte damit bewußt Ottendorfs Vorschlag. Auch kleine Triumphe helfen der Seele, dachte ich und stellte mir Ottendorf in seinem Kräuterbad vor, was mein durch den Wein hervorgerufenes Wohlbefinden noch verstärkte. Die Speisen schmeckten ausgezeichnet, die Signora bediente mich wie einen zu Besuch gekommenen reichen Verwandten aus Amerika.

Erst als ich das Gespräch auf Lem und Ottendorf lenkte, schien an die Stelle der zuvor betonten Freundlichkeit eine zunächst kaum wahrnehmbare, aber mit fortlaufendem Gespräch ständig zunehmende Zurückhaltung zu treten, um nicht zu sagen Reserviertheit. Sie beantwortete wohl meine Fragen, aber so wie man sich einer Pflicht entledigt und im Ton genau an jener Grenze, an der die Unhöflichkeit beginnt.

Ich erfuhr immerhin, daß Lem häufig hier zu Gast gewesen sei, manchmal allein, manchmal in Be-

gleitung, oft mit Ottendorf, mit dem er hier gespeist und geredet habe.
Und mit einer Frau?
Die Signora Marcella sah mich mit einem Anflug von Widerwillen an, mit der abschätzigen Miene für einen, der in fremden Geheimnissen herumstochert, sich für Vorgänge interessiert, die ihn nichts angehen.
Vielleicht ein- oder zweimal, sie führe nicht Buch über die Gäste und ihre Begleitung.
Sie blieb, auch nach hartnäckigem Nachfragen, bei der Meinung, sich nicht an das Aussehen der Frau erinnern zu können.
Auf die Frage, wann denn Lem und Ottendorf zum letzten Mal hier gewesen seien, antwortete sie mit einem trockenen »Kürzlich« und behauptete, nicht mehr zu wissen, ob das nun zwei oder drei, oder am Ende gar vier Wochen her sei.
Ich bestellte noch einen Nachtisch, in der Hoffnung, von der Signora noch die eine oder andere Einzelheit zu erfahren.
Vergeblich. Sie gab sich beschäftigt, obwohl kein weiterer Gast das Lokal betreten hatte. Ich bezahlte und ging, schlenderte durch die Gasse, warf einen Blick zurück auf das Fenster, in dem ich am Nachmittag Ottendorf entdeckt hatte. Dunkel alles, wie in den meisten Häusern, kein Laut, als wäre niemand mehr da. Nur einmal erschreckte mich ein Rascheln, und ich glaubte, eine vorüberhuschende Gestalt wahrzunehmen. Aber ich war mir nicht sicher, vielleicht war ich einer Sinnestäuschung erlegen, einmal mehr.

Unruhig schritt ich im Zimmer auf und ab. Warum hatte mir Lem nie von Ottendorf erzählt? Wollte er nicht verraten, wie er zu einer Romanfigur gefunden hatte?

Man erfindet immer nah an der Wirklichkeit, sagte er. Aber wie nah?

Wir schreiben nicht dem entsprechend, was wir sind; wir sind dem entsprechend, was wir schreiben.

Hatte er das so ausgedrückt, so oder ähnlich? Oder sind das schon meine eigenen Fragen, gestellt mit seinen Worten, seinen möglichen Worten?

War ich schon längst im Begriff, mir ein Bild von Lem zu machen, so wie ich es im Kopf hatte, wie ich ihn gerne sah, ein Bild, das von meinen Vorstellungen geprägt ist? Und vielleicht hatten gerade diese mich daran gehindert, ihn so zu sehen, wie er wirklich war. Einer, der etwas von dem lebte, was ich selber auch hätte leben können.

Und diese Frau?

Lem gehörte nicht zu denen, die gern und ausführlich über ihre privaten Probleme reden. Da muß einer allein durch, sagte er. Er liebt die Frauen erst, wenn sie nicht mehr da sind, hatte Eve gesagt, oder Maria oder Henriette oder Rita Anna, sind sie da, sind sie ihm zu nah.

Ich fand keinen Schlaf.

Ich blätterte in den Büchern, las mich ein in Sibyllenzauber und Orakelsprüche, durchlebte mit Tannhäuser sündige Monate der Fleischeslust und folgte ihm als zerknirschtem Sünder auf Bußfahrt. Und als der Morgen graute, war ich schon bereit, die Striemen und Furchen auf den kahlen Hängen des Vettore als Spuren von Nymphen, Najaden und Feen zu deuten, und selbst die im Dorf erwachenden Geräusche kamen mir wie der ferne Gesang aus den Höhlen und Grotten der Unterwelt vor, höchste Zeit also, sich auf- und davonzumachen. Ich packte meine Sachen und frühstückte in Eile. Bei Ottendorf öffnete niemand, ich klingelte, ich rief.

Vergeblich. Schließlich wurde im Haus gegenüber ein Fenster geöffnet. Der Professore sei nicht da, weggefahren für ein paar Tage.

Der Professore?

Ottendorf? fragte ich nach.

Der Professore fahre öfter weg. Wann er wiederkomme, wisse sie nicht, das wisse man nie.

Sie schloß das Fenster.

Ich blieb noch eine Weile in der Gasse stehen, wandte mich dann ab. Der Professore, murmelte ich vor mich hin. Es klang wie ein Fluch.

Auf dem Platz vor dem Hotel hatte inzwischen der Wurstwarenhändler wieder Stellung bezogen. Ich zögerte, ob ich nach dem Professore fragen sollte, aber eingedenk der bereits eingekauften Würste ließ ich es bleiben.

Ich winkte ihm zu, bestieg den Wagen und fuhr los, ein Fehler, wie ich später feststellen mußte.

Ich nahm den Umweg über Montemonaco, um einen Blick auf den sagenumwobenen Gipfel des Monte Sibilla zu werfen. Das Felsenband um den Gipfel, das ihn zum kosmischen Berg gemacht hat-

te, glänzte in der Sonne. Deutlich waren die Höhlen im zerschundenen Fels sichtbar. Man hätte das Rauschen der Winde und das Ächzen der Felsen als Stimmen deuten können, die aus der Tiefe der Grotten die Ohren der Menschen erreichten. Mir schien für Augenblicke, ich sei tatsächlich in mythische Zeiten versetzt; und hätte eine dionysische Prozession oder ein Geißlerzug sich bergan bewegt, ich hätte mich ohne zu zögern angeschlossen.
Nichts wie weg, sagte ich mir noch einmal und raste davon.

Ich hatte erwartet, in der Wohnung Nachrichten vorzufinden, vom Jagdwarenhändler, vom Küster, von Eufemia oder Simona oder sonst jemandem, der den Professore gekannt und Neuigkeiten zu berichten hatte. Doch ich sah mich getäuscht: niemand war dagewesen. Ich setzte mich an den Schreibtisch, begann festzuhalten.
Und als ich später, und diesmal ohne Skrupel, in Lems Sachen wühlte, fand ich das Bild der »Geißelung« und auch die dazugehörigen Notizen. Aber ich fand auch das Bild einer Frau.

Henker und Opfer

Sommerhitze, das Thermometer klettert auf 39 Grad; schon im Laufe des Vormittags die flirrende Luft über dem Asphalt und das Glänzen auf dem Wasser, das an den Ufern sich in Dunst auflöst; die Sonnenblumenfelder stehen jetzt in tiefem Gelb, gegen Mittag stirbt jeder Lärm auf der Straße, nur die Zikaden sind zu hören, die manchmal, wie auf Kommando, innehalten. Für Augenblicke tritt jene völlige Stille ein, in der nichts mehr sich zu rühren scheint, bis sie wieder einsetzen, als wollten sie daran erinnern, wie sehr unser Leben zwischen Sehnsüchten und Realitäten zerrieben wird.

Die Politiker des Okzidents sind wieder einmal zu einer Konferenz zusammengekommen, um die Balkanfrage zu beraten.
»Und während wir in tiefer Ruhe sitzen, dringen die Barbaren bis an die Donau und Save. In der Königsstadt des Ostens haben sie das Volk erschlagen, die Kirchen entweiht. Das alles ist unter unseren Augen geschehen, wir aber liegen in tiefem Schlafe. Doch nein, unter uns selbst vermögen wir zu kämpfen, nur die Feinde lassen wir schalten und walten« –

das sagte Papst Pius II. auf der Konferenz der abendländischen Könige und Fürsten in Mantua und erwartete einen Beitrag von einem Künstler, der die Zeichen der Zeit liest –

Noch sucht der Maler die endgültige Form für das angefangene Bild, zwei Bildszenen, scharf getrennt und doch zu einem Ganzen gefügt, Nacht und Tag, Vergangenheit und Gegenwart –

seit Wochen ist er auf der Flucht, zu unerträglich war der Gestank der Leichen in den Straßen seiner Stadt, täglich wurden sie von den Bütteln eingesammelt, hinausgekarrt, in die Grube geworfen und mit Kalk bestreut.
Heimlich ist er aufgebrochen, ein paar Stifte, Farbe, eine Rolle Karton, das Skizzenbuch sind in seinem Bündel. Er meidet die Städte und stellt doch fest, die Seuche ist überall, Gestank und eilig zugeworfene Gruben. Er zieht südwärts, hofft, daß die Seuche da schon gewesen ist, zieht durchs Valle Umbra, findet in Assisi bei den Franziskanermönchen Unterschlupf, verweilt vor den Bildern, einige nehmen ihn gefangen, Lorenzettis Geißelung im Querhaus, nicht weit davon der Heilige Franz, der auf den Tod hinweist, einen düsteren Gesellen, dem die Krone vom kahlen Haupt fällt. Franz legt ihm den linken Arm auf die Knochenschulter, als begrüße er einen nicht zu fürchtenden Gefährten. Der Tod scheint mit dem einen, tief in der Augenhöhle liegenden Auge den Heiligen verächtlich zu fixieren; eine zerfetzte Tunika bedeckt das Skelett, läßt stellenweise die weißen Knochen hervorschimmern.

Wer den Tod immer vor Augen hat, sagt der Minoritenbruder, fürchtet ihn nicht und sieht ihm gelassen entgegen. Der Maler zuckt zusammen. Draußen auf dem Platz vor San Francesco geht das Sterben nicht mit Gelassenheit vor sich, da wird geheult, geschrien, gehadert mit dem Gott, der das zuläßt oder gar die Seuche als Strafe geschickt hat, wie die neuerdings wieder umherziehenden Geißler predigen, wie schon vor Jahren, als sie, mit Stricken ihr Fleisch zerreißend und ihr Blut vergießend, durch die umbrischen Berge und Täler zogen und ihre Klagelieder anstimmten.
Unablässig pflegen draußen die Minoritenbrüder die Angesteckten, begraben die Toten, ohne Furcht vor dem eigenen Sterben.
Der Maler wagt sich nicht hinaus, bleibt im Kloster, geht in der Kirche den Bildern nach, Giottos Fresken über das Leben des Heiligen kennt er längst, doch vorstellbar wäre, wie sehr ihn diesmal jenes Bild fesselt, in dem der Papst im Traum dem Franz erscheint, der die Kirche stützt; zwei Ebenen ineinandergeschoben, Traum und Wirklichkeit, schiefwinklig abgehoben der Traum, die geahnte Wahrheit als perspektivische Schätzung eines Träumenden, das wäre, erkennt der Maler, die Lösung, die neue Form, nur überzeugender müßte sie sein.
Wieder flieht der Maler, durchquert die Ebene, erreicht die Hügelstadt, die ihm die Brüder in Assisi angegeben und ihn den Mitbrüdern empfohlen haben, Montefalco, dahin ist der Tod noch nicht gelangt, die Minoritenbrüder nehmen ihn auf.
In der Kirche, auch sie heißt San Francesco, ent-

deckt er das Bild von Benozzo Gozzoli, die gleiche Darstellung des Traumes von Papst Innocenz, nur raffinierter umgesetzt, Benozzo versetzt den träumenden Papst perspektivisch nach hinten und rückt Franz als zitierten Traumgegenstand in den Vordergrund, das ist die Form, die das Thema bezwingen würde, Folter und Tod denen ins Bild gerückt, die reden und nichts tun –

Man könnte sich vorstellen: Piero abends auf dem Platz von Montefalco, das Skizzenbuch auf den Knien. Die Kreide zieht erste Striche, die Augen folgen dem Leichenzug, in dem eine junge Frau von Adel im gläsernen Sarg durch die Straßen geführt wird –

Ende des Jahres trifft Piero in Rom ein, sieht die Fürsten reden und nicht handeln, beginnt seine Bildtafel zu malen –

Karfreitag, 23. März 1459, ein südlich blauer Himmel, der Bischof von Rom geht im Lateran zur Sancta Sanctorum, so will es der Brauch, nimmt die Reliquien und trägt sie nach Santa Croce in Gerusalemme, um das Leiden in Erinnerung zu rufen, die vierzehn Stationen des Kreuzweges, wie die Pilger im Heiligen Land, von den Franziskanern geführt, sie gehen.
Convenerunt in unum, so lautet die Antiphon, die zur ersten Nokturn am Karfreitagsmorgen verlesen wird.

Convenerunt in unum, die Verse setzt er unter das Bild, der verzweifelte Aufruf, die Könige und Fürsten hätten sich zusammengerottet gegen den einen, der die Ordnung störte und für Aufruhr sorgte.

Er malt, in den Hintergrund gerückt, das gefolterte Opfer, die reglos kalten Fürsten, in der Pose von gestern, in den Schuhen von heute: ein Innenraum der Erinnerung, ein Nachtbild ins künstliche Licht einer künstlichen Architektur getaucht. Mit gleichgültig kalter Miene, kalt wie das bläuliche Mondlicht, das über die marmorne Stiege fällt, sitzt der Fürst auf seinem Thron, ungerührt abwesend, während unter den Anordnungen des Schergen das an die Säule gefesselte Opfer gefoltert wird; regelmäßig und leidenschaftslos fallen die Hiebe der Büttel, im unerschütterlichen Gleichtakt einer Maschine; über dem Opfer, wie zum Hohn, die Statue eines Kaisers, Marc Aurel oder Konstantin, in Bronze gegossene Macht.

Und der da sitzt mit den karmesinroten Schuhen des Pilatus, ist auch jener Kaiser mit dem zugespitzten Häubchen auf dem Kopf, den der Maler als Besucher aus dem Osten in Florenz gesehen hat. Vorn, groß unter dem lichtblauen Sommerhimmel, drei Männer, zwei von ihnen prachtvoll gekleidet; bärtig, in Samt, hebt der Mann aus dem Osten die Hand, redet, während sein Gegenüber, im glänzenden Brokat eines Fürsten aus dem Westen, in Gleichgültigkeit verharrt; redende Fürsten, Männer des Geistes, die nicht realisieren, was vorgeht. Der dritte Mann trägt eine einfache Tunika, rot,

nicht zerfetzt, die Füße bloß, seine Haut ist sehr bleich, die Augen sind seltsam blicklos.
Geblendet von der Helle des Tages achten die Männer nicht auf diese Nacht im Hintergrund, die sich schon in die Morgenfrühe neigt, wenn die Opfer aus den Betten geholt und gefoltert werden. So hat es Fra Folco, der kleine Mönch aus dem Borgo, dem Maler erzählt. Seit mehr als hundert Jahren sind seine Franziskanermönche zu Protektoren des Heiligen Landes bestellt und führen die Karfreitagsprozession durch den Heiligen Garten zur Geißelungssäule.
Der Maler hat behutsam angedeutet: die Heilige Stiege, über die der Verurteilte drei Mal gestiegen ist, der Tisch, auf den der Verräter seine Silberlinge gezählt bekam.
An der Schwelle zwischen Tag und Nacht, zwischen Vergangenheit und Gegenwart steht der Scherge, im grauen Kleid, das Gesicht abgewandt, nur seine Hand fängt das Licht, weist auf den Tag, der anbricht.
Hingerissen steht man vor der kleinen Bildtafel, die auf wurmstichiges Holz aufgezogen ist, begeisterte sich Ottendorf. Sie stellt, als streife menschliches Tun, in die Tiefe der Jahre getaucht, weit auseinanderliegende Epochen, Gegenwart und Vergangenheit nebeneinander, im immergleichen Geschehen zwischen Henker und Opfer.
Auch für die Menschen, wie sie heute sind, ergänzte Ottendorf, gibt es nur eine radikale Neuigkeit – und die ist immer die gleiche: der Tod. Nur über das Andere läßt sich das Eigene verstehen. Viel-

leicht gäbe das auch Aufschluß, warum man sich diesen oder jenen Themen zuwendet.
Ich nickte und dachte, daß eine Konstruktion immer dann zusammenbricht, wenn das Gerüst, das sie stützte, nicht mehr trägt, und das geschieht immer dann, wenn das Unvorhergesehene eintritt.

Mit seiner kleinen noch unfertigen Bildtafel bricht Piero aus Rom auf, um in seine Heimat zurückzukehren.
Noch in Rom hatte ihn die Nachricht vom Tod seiner Mutter erreicht. Ihr soll die blaue Madonna in der Friedhofskapelle gewidmet sein.

Der unfertige Himmel

Noch immer ist die Sommerhitze groß, macht die Tage bleich und dunstig, schon am Morgen das Flirren über den Fassaden und Dächern; schüttertrockene Hänge, weißsandige Wege mit Bändern von Staub, und manchmal dieser metallige Schein über den Höhenzügen – ein Sommer der Verstörung, der nicht enden will, der Sommer des Krieges und der Schande, der Krankheit und der Seuche. In der Zeitung die immergleichen Bilder, ein Strom des Elends; wieder stehen Menschen an der Rampe, an der entschieden wird über Massengrab oder Flüchtlingselend; Kinderleichen, die im Stacheldraht hängen, von Kugeln durchlöchert –

»*Wir gehen um bis der Tod daraus folgt, nichts mehr blühen sehen als die Hand die schreibt*«. Unterstrichene und herausgeschriebene Sätze, stumpfe Pfeile gegen die Hilflosigkeit, Anlehnung und dünne Rechtfertigung dafür, daß die Hand noch immer schreibt –

Fra Folco, der kleine Mönch, erwartet ihn schon unter dem Portal, begrüßt ihn lebhaft. Der Meister wirkt abwesend, zerstreut, nicht wie einer, der sich freut, daß eine über Jahre dauernde Arbeit ein Ende gefunden hat, vierzehn Jahre für zwölf Tafeln. Er hätte das in vier Jahren schaffen können, aber was er tut, braucht Zeit. Er gehört zu den

Langsamen, Bedächtigen, die im Warten finden. Feiern will der Meister nicht, das stellt er klar. Das Ende einer Arbeit stimmt ihn jedesmal nachdenklich, gibt ihm das Gefühl der Leere; und er möchte am liebsten gleich etwas anderes beginnen. Doch diesmal nicht, er fühlt sich müde, als laste an diesem Tag auf ihm das Gewicht all der Jahre, die er auf diesem Gerüst gestanden hat.
Als er hier anfing, sagt er zum kleinen Mönch als sie das Gerüst besteigen, galt er, eben dreißig, als junges Talent, das den alten Bicci ablöste. Nun ist er über diesen Tafeln selber alt geworden, bald fünfzig. Man schöpft sich leer bei der Arbeit, klagt er dem kleinen Mönch. Mit jedem Bild, mit jeder Komposition, die draußen an den Wänden prangt, fehlt etwas in uns, das ärmer macht.
Aber auch unsterblich, wendet der kleine Mönch ein und weist mit der Hand auf die Tafeln.
Nur die Werke der größten Meister bleiben, entgegnet der Maler, und was groß ist, bestimmen die Herren, die urteilen, loben und verdammen, und darin unerbittlich sind.
Was ist größer als diese Tafeln, tröstet der kleine Mönch und preist das Gelingen. Die Brüder sind begeistert, besonders Fra Luca, auch der Niceno wird zufrieden sein. Du hast Jerusalem nach Arezzo gebracht und Palästina in die Tiberebene, diese Frauen und Männer tragen unsere Gesichter.
Der Meister winkt ab.
Sein Lieblingsbild, sagt der kleine Mönch, ist der Traum Konstantins, diese Stille, die über dem Bild liegt, die Reglosigkeit aller Gestalten, auch des

Jünglings, der am Bett des Kaisers wacht und mit offenen Augen zu schlafen scheint. Alle sind eingetaucht in diese Stille, selbst die Schildwachen, und dieser Kaiser mit den geschlossenen Lippen und Augenlidern, der nicht Kaiser, sondern nur kindlich Träumender ist, geblendet von diesem Licht aus einer umbrischen Nacht, ein Licht, das alles verwandelt, sogar die Rüstungen der Wachen, und das Helle vom Dunklen scheidet. Nie war in einem Bild die Nacht schöner und das Licht geheimnisvoller.

Du schwärmst mir zu sehr, wendet der Maler ein, macht zwei Schritte, als wolle er mit dem Geräusch der knarrenden Bretter den kleinen Mönch aufschrecken.

Doch der läßt sich nicht beirren.

Diese Tafeln, so will mir scheinen, erzählen nicht die ferne Geschichte von der Suche nach dem Kreuz, sondern sie erzählen vom Leben der Menschen und all den Irrtümern, die ihr Leben begleiten, vom Krieg, von Lüge und Folter, vom Lärm und von der Stille, von Begegnung und Abschied. Das ist die Stimme der veränderlichen Welt, in der man lebt und stirbt, sündigt und bereut.

So will es die Legende, sagt der Maler knapp, und so ist es wohl auch, fügt er, beinahe unhörbar, hinzu.

Aber du hast die Bilder gewählt, die Teile aus dem Ganzen.

Der Maler wehrt ab.

Wir Künstler malen immer nur Teile und nie einen fertigen Himmel, wir stellen nur eine Leiter auf,

deren Sprossen jener besteigt, der Mut verspürt, das Ganze zu ahnen.
Und wenn die Leiter schöner wäre, als der fertige Himmel es sein könnte?
Der Meister lächelt ob soviel Lob, doch er winkt ab, alles, was geschaffen wurde, sagt er beinahe brummig, als ahmte er den Meister Domenico nach, weist Irrtümer auf, fehlerhafte Perspektiven, Schwächen und Unaufmerksamkeiten. Niemand besitzt die Schöpferkraft, so groß zu planen, daß auch das Werk groß erscheint; niemand hat das Glück, das je vermocht zu haben.
Der kleine Mönch will protestieren. Doch nun läßt sich der Maler nicht unterbrechen. Malerei, sagt er, als spreche er zu einem seiner Schüler, ist Handwerk, und das heißt Zeichnung, Maßverhältnisse, Farbe. Wir führen das Licht und lassen die Schatten spielen.
So hat er es gelernt, wie andere auch, er ist nur einer von vielen, der seine Arbeit tut und manchmal Glück findet im Gelingen.
Und unsterblich bleibt in seinen Werken, ergänzt der kleine Mönch. Wieder winkt der Maler ab, noch entschiedener diesmal. Vergänglich ist alles Geschaffene wie euer Bruder Jacopone in seinen Versen gesungen hat, auch der Mensch fährt dahin wie ein Schatten.

Der kleine Mönch kennt die Geschichte des Fra Jacopone. Wie ein Narr, in Lumpen gehüllt, soll er wochenlang durch die Straßen Todìs gelaufen sein, sich über die Stufen des Domes gerollt, sich im

Staub gewälzt, sich in Pfützen gelegt haben, schreiend und wehklagend, ein Verrückter, der unablässig den Verlust der geliebten Frau beklagte, es jedem an der Straßenecke, in der Kneipe und vor dem Rathaus wieder und wieder erzählte, solange bis er still wurde eines Tages, zu den Franziskanern ging und nur noch Verse schrieb.
Seine Verse sind geblieben, wendet der kleine Mönch nochmals ein, auch das Stabat Mater.
Der Maler schweigt.
Der kleine Mönch sucht nach Worten, er weiß um die Trauer des Malers, der nach dem Vater und der Mutter auch einen Bruder beerdigt hat.
Die Malerei, versucht der kleine Mönch zu trösten, macht Abwesende gegenwärtig und Tote unsterblich.
Der Maler schweigt wieder.
Er wird neue Bilder malen, er ist noch kein alter Mann, beruhigt der kleine Mönch.
Nein, er ist nicht alt, denkt der Meister, und doch fühlt er sich müde, und die Augen sind es auch, oft flimmert die Fläche, er wäre nicht der erste in der Familie, den das Alter mit Blindheit schlägt.
An neue Bilder mag er nicht denken, schon gar nicht an diese Altartafel, die der Montefeltro sich für sein Mausoleum wünscht, ein Mausoleum, ein Anflug von Spott geht über sein Gesicht, der Fürst als reuiger Büßer unter Büßern –

Sie steigen vom Gerüst. Der Meister mustert die Kartonentwürfe, manche sind schon ausgefranst, von Nässe durchtränkt. Damals galt er als Verspre-

chen. Und heute? Junge Maler blicken nach Norden, was flämische Meister tun.
Die neue Generation ist gefragt, wird beachtet, gerufen und gehätschelt. Ihr gehört die Zukunft.
Du übertreibst, fällt ihm der kleine Mönch ins Wort, du hast heute deinen schwarzgalligen Tag.
Gefragt ist das unverwechselbar Neue, sagt der Maler, als spreche er nur zu sich selbst, oder was als solches sich aufbläht, das Außergewöhnliche, der hemmungslose Blick auf alles Fleischliche, Körper und Körpersäfte, Blut, das aus den Körpern spritzt, wie bei jenem Christus unter der Weinpresse, den alle bewundern, drastisch und dramatisch wie die Reden der Bußprediger. Überall Lärm und Geschrei. Und wo ist jene Stille, aus der Bilder steigen und ins Licht des Mittags treten?
Eine neue Zeit beginnt, sie ist nicht mehr die seine. Unsicher ist alles geworden.
Du träumst.
Der Satz des kleinen Mönchs weckt den Maler aus seiner Nachdenklichkeit.
Du kannst die Kartons behalten, ich brauch sie nicht mehr.
Er wendet sich um, geht auf seine Tafeln zu.
Würde er all diese Bilder noch einmal schaffen können? Vielleicht würde er sie ganz anders ausführen. Wir dürfen uns nicht wiederholen, hatte Domenico gesagt, jede neue Aufgabe erfordert neue Gestaltung. Aber dazu braucht es die Kraft der Jugend und nicht die Müdigkeit des Alters.
Als der kleine Mönch später von der Fahne spricht, die er ausführen soll für die Compagnia dell'An-

nunziata und ihn an die AUFERSTEHUNG erinnert, die man im heimischen Borgo sich wünscht, da winkt er wieder ab. Aber er ist schon nicht mehr sicher, ob er es nicht noch einmal versuchen wird. Im eigenen Gesicht Himmel und Hölle malen, die Haare wie Stacheln erhoben, das Entsetzen und die Erschöpfung eines verstörten Antlitzes, deformiert in der perspektivischen Verkürzung, besiegt und überwältigt, schlafend schon, von keinem Licht geweckt, mitten in der Landschaft des Tibertals –

Dieser Gedanke läßt ihn seine Müdigkeit vergessen, er sieht für einen Augenblick diese schlafenden Grabwächter, ganz ihrem Dösen hingegeben, eingetaucht in die Stille, die Reglosigkeit des Schlafes, in der nur das Licht spricht und die Staubpartikel tanzen läßt, als wären sie kleine Flocken von Träumen, und Träume, das hätte er dem kleinen Mönch gerne gesagt, sind nicht übernatürlicher Herkunft, sondern sie entstehen durch eindringliche Bilder.

Unten am Ufer sitzen die Fischer im Spätnachmittagslicht, das als gleißende Bahn über den See kommt, das Radio meldet die Entdeckung neuer Massengräber.

In den letzten Wochen ihrer Krankheit besuchte Osch sie fast täglich.
Sie sprachen nur noch wenig.
Ihr Haar hatte den rötlichen Schimmer fast ganz verloren, war ausgebleicht in ein helles Braun. Manchmal strich sie mit einer langsamen Bewegung eine Haarsträhne aus der Stirn, lächelte für einen Augenblick und sah ihn mit großen Augen an.

Nach Wochen des Hinauszögerns, das er eher einer müden Gleichgültigkeit zuschrieb als der Angst vor der Diagnose, meldete er sich in der dermatologischen Abteilung des Spitals. Der Arzt erläuterte ihm mit umständlicher Ausführlichkeit die Resultate der durchgeführten Allergietests und die daraus folgenden Konsequenzen.
Er stellte ihm den sogenannten Lebensplan vor, den man auf Grund der Analysen für ihn entworfen habe, ein Plan, der es ihm erlaube, mit einem Minimum an Beschwerden zu leben, Überlebensplan gewissermaßen, fügte der Arzt an. Er riet ihm zu einer gesunden Ernährung, viel Gemüse und Obst, wenig Fleisch, mit jedem Stück Fleisch, sagte der Arzt, essen wir auch die Angst der geschlachteten Tiere, am besten werden Sie Vegetarier. Der Arzt machte, obwohl dies, wie er betonte, nicht sein Fach sei, auch Hinweise auf mögliche psychische Hintergründe. Jede Hautkrankheit, das könne auch die Schulmedizin nicht leugnen, habe mit

psychischen Faktoren zu tun, schließlich sei die Haut die Verbindung des Menschen zur Welt, und jeder habe ja bekanntlich mitunter den Wunsch, aus der Haut zu fahren.
Er lachte.
Es ist nichts als die Haut, was heute zählt. An Sicherem, an Faßbarem, an Unbestreitbarem gibt es für die heutigen Menschen scheinbar nichts Wichtigeres als die nackte Haut.
Der Arzt zählte in der Folge einige typische psychische Konstellationen und ihre Auswirkungen auf die Haut aus. Man müsse sich solcher Zusammenhänge bewußt werden, das könne helfen, dürfe aber nie dazu führen, gleichsam unter der Glasglocke zu leben, sich in einen Schonbezirk zurückzuziehen, das wäre völlig falsch, nur ein gelebtes Leben sei ein gesundes Leben.
Mit einem Lachen riet er ihm zu Arbeit und Liebe, die Liebe heilt und öffnet, sagte er, was unsere Poren und Gedanken verschließen, sie treibt uns an und hinaus ins Offene.
Im übrigen, sagte der Arzt, sind sie ein gesunder Mensch, alle Werte sind in Ordnung, Blut, Leber, Galle, kein Anlaß zur Sorge, wirklich nicht.
Osch wollte eine Frage stellen, aber der Arzt war bereits aufgestanden, wiederholte den Satz und reichte ihm die Hand.
Osch verließ das Spital, trat in den warmen Tag hinaus und fühlte sich wie einer, der einen unerwarteten Freispruch erlangt hatte und darob seltsamerweise nicht froh wurde. Er machte einige Schritte, stand unschlüssig, kaufte sich, um etwas

zu tun, eine Zeitung und begann noch im Stehen darin zu blättern.
Mit einem Ruck knüllte er die Zeitung zusammen, warf sie weg. Das geht dich nichts mehr an, sagte er sich und eilte mit raschen Schritten davon.

Er wußte nicht, warum er ihr jedes Mal die Hand reichte, wenn er sich von ihr verabschiedete und sie nur küßte, wenn er kam. Er beschaute seine Hand, fand die Geste lächerlich und wußte, er würde das nicht mehr tun.

In seiner Wohnung entdeckte er unter den Sachen, die seit Tagen achtlos herumlagen, den Novalis-Band, den er am Tage zuvor, oder noch früher, er wußte das nicht mehr, aus dem Gestell gezogen hatte. Er las darin und sog die Worte ein.
»Frei von Schmerzen hielt er sich nicht sowohl für krank, als nur für matt und hoffte vom herannahenden Frühjahr seine Genesung.«

Manchmal trat er ans Fenster und blickte über die Dächer hinweg, er nahm die Ebene und die Hügel nicht mehr als Bild wahr, sondern in einem Flimmern, aus dem zufällige Einzelheiten herausragten, die er früher nicht beachtet hatte. Sie blieben für Sekunden stehen, wie festgenagelt in seinem Blick, und entschwanden dann wieder; und wenn er das Bild ihres Gesichtes nicht mehr fand und die Lücke auch mit dem Schmerz nicht zu füllen war, fand er für Augenblicke zu einer seltsamen Art von Ruhe, die ihn die Augen schließen ließ.

Dann schnellte er wieder hoch, verließ das Haus, schritt eilig über Straßen und Plätze. Gehen, dachte er, rennen, unablässig, schreien und rufen, um müde zu werden.
Manchmal setzte er sich an den Tisch, schrieb sich diesen und jenen Satz aus dem Novalis-Band heraus auf eine Karteikarte. Wie einer seine Tarotkarten ausbreitet, legte er die beschriebenen Karten nebeneinander und las sie sich mit lauter Stimme vor. Das gab ihm das tröstliche Gefühl, noch immer ein Tagewerk zu erfüllen.

11 Ottendorf und der Dritte Mann

Ich weiß, man sollte sich in erregter Stimmung, in Panik oder Angst nie hinter das Steuer eines Autos setzen. Doch diesmal schob ich alle guten Vorsätze beiseite und raste los. Ich hielt mich nicht an Geschwindigkeitsbeschränkungen, gewährte keinen Vortritt, hupte Langsamfahrer gnadenlos aus, kurzum, ich benahm mich wie einer jener ekelhaften Raser, die zum Ärgernis unserer Tage gehören. Ich hatte mich ablenken lassen, hatte nicht sehen wollen, was vor sich ging; und wenn ich mich auch fragte, wie Lem, scheinbar ruhig und gelassen, seine Notizen weitergeführt hatte, in eine Geschichte ausgewichen war – oder war es keine? –, kann ich mir nicht verzeihen, nicht längst die richtige Spur gefunden und aufgenommen zu haben. Auch wenn ich wußte, wie sehr Lem das Spiel liebt, hätte ich doch ahnen müssen, daß er in eigenen Angelegenheiten kaum Distanz fand.

Ich mußte Ottendorf sehen.
Wie ein Irrer, und mit zunehmender Beklemmung, raste ich durch die Valnerina hinauf und erreichte, schweißgebadet und zweifellos in Rekordzeit, die Hochebene des Piano Grande.

Ottendorf öffnete gleich, kam herunter, er wirkte noch weniger kränklich als bei der letzten Begegnung, er unterließ auch jegliche Scherze.
Wir setzten uns auf eine Steinbank, Ottendorf

stopfte seine Pfeife, ließ sich durch meinen vorwurfsvollen Ton nicht aus der Ruhe bringen. Nein, er habe nichts über Lems Verschwinden gewußt, aber nun fürchte auch er –

Was denn?

Nun ja, wenn er das wüßte. Auch er habe an ein bloßes Verwirrspiel geglaubt, einen der üblichen Scherze von Lem, Krisenbewältigung als Selbstinszenierung oder was auch immer, Weltuntergangsstimmungen hätten ja zu ihm gehört.

Krisenbewältigung? rief ich aus. Ottendorf blieb ruhig.

Ich wisse ja auch, daß Lem in den letzten Monaten in keiner guten Verfassung gewesen sei, Schreibhemmung, Weltverdruß, Müdigkeit, man kenne die Worte, die einen unruhigen Geist wohl nicht um den Verstand brächten, aber ihn manchmal die Fassung verlieren und aus dem Tritt geraten ließen.

Diese Frau?

Er wisse wirklich nicht viel, er habe sie nur einmal flüchtig gesehen.

Er habe sie gesehen? Und sage das erst jetzt?

Auch ihm, entschuldigte sich Ottendorf, seien die Zusammenhänge erst allmählich, nach meinem letzten Besuch, klar geworden, sofern völlige Klarheit überhaupt möglich sei. Er habe Lem einmal mit einer Frau hier oben gesehen, als sie eben im Begriff gewesen seien, wegzufahren.

Eine Frau mit rötlichem Haar, fragte ich.

Das gewiß nicht, entgegnete Ottendorf mit Bestimmtheit, die Frau habe eher zerbrechlich gewirkt, dunkles Haar über einem schmalen Gesicht,

aber ein Gesicht mit einer Geschichte, wenn er das so sagen dürfe, zweifellos eine sehr ungewöhnliche und daher, seiner Meinung nach, sehr attraktive Frau, unverwechselbar, nicht einzuordnen. Diese andere, nach der ich schon letztes Mal gefragt hätte, sei gewiß eine Erfindung.
Und dieser Osch, der seine, Ottendorfs, Züge trage, sei auch nur eine Erfindung?
Ottendorf wurde blaß.
Ob er sich, fragte ich ihn, mit Novalis beschäftigt habe?
Woher ich nun das wieder hätte, fragte er erstaunt, er beschäftige sich seit Jahren mit Novalis.
Das tue die Romanfigur auch, sie kreise mit Zitaten um die Gestalt von Sophie und ihren frühen Tod.
Ein übler Streich, diese Motivklauerei, schnaubte Ottendorf. Der Gedanke, Romanfigur zu sein, ärgerte ihn offensichtlich, er schwieg, paffte vor sich hin, eher hektisch, wie mir schien.
Gewiß habe er sich auch, wandte ich mich wieder an den paffenden Ottendorf, mit den Todesallegorien der Franziskaner und mit Jacopone von Todì beschäftigt?
Was gibt es Schamloseres als diese Schreiberlinge, fuhr Ottendorf hoch, sie sind schlimmer als Taschendiebe, welche wenigstens heimlich und in beschränktem Maße klauen, während Literaten alles an sich reißen, Denken und Reden, und selbst vor der Seele ihrer Mitmenschen machen sie nicht Halt.
Es dauerte, bis Ottendorf sich beruhigt hatte.

Wir müßten uns nun mit dem Dritten Mann beschäftigen, fiel ich, leicht ungeduldig, ein.
Ich erläuterte Ottendorf Lems Notizen über die Geißelung.
In etwa der Weise habe ihm Lem das auch dargestellt, er habe auch hier einiges, wenn auch nicht alles, geklaut, vor allem die eigenwillige Theorie über den sogenannten Dritten Mann, der für die Kunsthistoriker ein Rätsel darstelle und deshalb immer wieder zu Spekulationen Anlaß gegeben habe.
Inwiefern denn?
Ottendorf räusperte sich, nun ja, man halte den Mann für tot. Und das gebe dem Bild eine neue Dimension.
Warum der denn tot sein solle, fragte ich und merkte, wie meine Stimme zitterte.
Er falle doch völlig aus dem Rahmen, schon durch sein Äußeres, das Gewand, eine rote Tunika, ein Totenhemd.
Aber auch seine bloßen Füße seien auffällig, ebenso sein Gesicht, das ohne Ausdruck, ohne Emotion und von äußerster Blässe sei. Die Augen starrten völlig ins Leere, ein Mensch, der nicht sehe und nicht gesehen werden könne, also nur geistig anwesend sei, ähnlich wie der gegeißelte Christus im Hintergrund, der übrigens die gleiche Armhaltung einnehme wie der Dritte Mann, eine Haltung, die auf den Archetyp des Schmerzes verweise.
Ottendorf verlor sich immer stärker in Einzelheiten und steigerte damit meine Ungeduld.
Die nackten Füße und die Tunika, sagte er, erin-

nerten übrigens an Engel, die Piero jeweils mit diesen Merkmalen dargestellt habe, er denke an die Engel im Bild der Taufe oder an den Propheten im Zyklus von Arezzo.
Nun war ich es, der Unmut fühlte, oder sollte ich sagen Unbehagen und Beklemmung.
Ob er sich nicht kürzer fassen könne, mir stehe im Augenblick der Sinn nicht nach kunsthistorischen Erläuterungen.
Ich solle mich gedulden, sagte Ottendorf, es gebe viele Spekulationen darüber, wer dieser tote dritte Mann sein könnte, am schlüssigsten scheine ihm die Vermutung, und das sei für die Interpretation, vielmehr für Lem, entscheidend, daß es sich beim dritten Mann um den unehelichen Sohn des Fürsten von Urbino handle, ein außergewöhnlich begabter junger Mann von hoher Gelehrsamkeit –
Kürzer bitte, flehte ich und stampfte leicht mit dem Fuß.
Gleich, warf Ottendorf ein, der junge Mann sei, im Alter von erst siebzehn Jahren, von der Pest angesteckt worden. Eine kleine Unvorsichtigkeit, sagte Ottendorf, jugendlicher Leichtsinn vielleicht, und schon ist einer angesteckt, die Seuche ist unerbittlich. Er starb sehr schnell, in eben jenem Jahr, in dem Piero selber vor der Pest geflohen war und in Rom sein Bild zu malen begann.
Noch immer lehnte sich, während Ottendorf sprach, etwas in mir auf, ein Widerstand, der sich in Wut äußerte und Ottendorf am liebsten zum Schweigen gebracht hätte. Doch jeder Satz Ottendorfs bestätigte meine Ahnungen, kehrte mein

Aufbegehren, mein Nichtwahrhabenwollen, in lähmende Resignation. Ich tauchte in eine Art Nebel ein und hörte wie durch Watte, mit halbem Ohr, und dennoch in schneidender Klarheit, wie Ottendorf ausführte, daß der Dritte Mann, genauso wie Adam, für den sterbenden Menschen stünde, und die Madonna in der Friedhofskapelle wäre das Bindeglied dazwischen, der Ort, wo Leben und Sterben, Geburt und Tod eins würden.
Ottendorf hatte längst aufgehört zu reden, ich saß wie gelähmt neben ihm, eine Weile schwiegen wir beide. Wolkenschatten querten den Piano Grande; auf der gegenüberliegenden Anhöhe hatten Drachenflieger Stellung bezogen und schwebten alsbald, einer hinter dem andern, über die Ebene hinweg, Riesenschmetterlinge, die aus einem fernen Erdzeitalter sich hierher verirrt zu haben schienen.

Ich sah den schweigenden Ottendorf, der mir noch unheimlicher war als der redende, von der Seite an.
Das würde heißen, daß –
Es könnte tatsächlich bedeuten –
Ottendorf beendete den Satz genausowenig wie ich.
Die Pfeife hing noch immer in seinem Mund, aber er rauchte nicht mehr.
Wo Lem zu finden sein würde, falls, ich zögerte gleichfalls, Lem tatsächlich etwas zugestoßen sei?
Ottendorf überlegte nicht lange, er könne sich nur einen Ort, allenfalls einen zweiten, vorstellen. Er würde mich gern begleiten, falls ich nichts einzuwenden habe.

Gemeinsam und schweigend fuhren wir über den Piano Grande; einige Drachenflieger, die mit ihren grellbunten Segeln auf der Ebene aufgesetzt hatten, waren damit beschäftigt, ihre Tüchter einzurollen.

Das lokale Büro der Carabinieri des Kreises Monterchi-Anghiari bestätigte den Fund eines Toten ohne Papiere und verwies uns an das Kreiskommando von Arezzo.
Auf dem Rückweg, wir waren längst müde und ratlos, hielten wir in Sansepolcro. Wir hegten keineswegs die Absicht, ein Museum zu besuchen, sondern ein wenig zu verweilen, einen Kaffee zu trinken, um die Bilder und Eindrücke dieses Tages verdämmern zu lassen. Wir schritten ohne viel zu reden durch das Tor, folgten der Straße, die ins Zentrum führte. Wir entdeckten überall Hinweise auf den Maler, der hier gelebt und die Stadt mit seinen Spuren geprägt hatte. Vor dem Franziskanerkloster wies mich Ottendorf auf ein neu erstelltes, weiß schimmerndes Denkmal hin. Es war Fra Luca Pacioli, dem großen Mathematiker, gewidmet, der in diesem Kloster gelebt und seine Studien betrieben hatte. Das Denkmal hatte eine japanische Computerfirma gestiftet, die in einer Inschrift Fra Luca als Pionier auf dem Weg zur Computertechnik feierte. Nur wenige Meter weiter, in einem kleinen Park, stand das Denkmal Pieros. Fra Luca hatte bei Piero seine ersten Mathematikstunden bekommen, sagte Ottendorf, in den letzten Lebensjahren des Malers sind er und Fra Luca enge

Freunde gewesen, einer hat die Werke des andern bewundert, jeder hat auf seine Weise die Welt vermessen. Fra Luca hat den alten blinden Maler manchmal durch die Straßen geführt. Die Freundschaft tanzt einen Reigen um die Welt, heißt es bei Epikur, und kündet uns allen aufzuwachen zur Seligkeit. Diesen Satz hat Fra Luca dem Maler ins Totenbuch geschrieben.

Piero hatte Jahre zuvor, von Fra Luca beraten und durch zunehmende Blindheit beeinträchtigt, sein wahrscheinlich letztes Bild gemalt, eine Tafel für das Mausoleum des Fürsten von Urbino, eine Erinnerung an die früh verstorbene Fürstin, ein Vermächtnis –

Licht und Schatten

Viel Grau: grauer Marmor, graue Schattenfelder, graue Mäntel, graues Haar, graues Metall der Rüstung, und selbst das Licht fällt grau. Ist es das Grau, das die Augen des Malers trübt? In diesem Meer von Grau bleibt er zunächst unbeachtet, ist kaum wahrzunehmen, verschwimmt im Glanz des Blechs: ein zerbeulter Helm.
Der Blick gleitet über die Gesichter, Männer und Frauen, versammelt um Mutter und Kind, Gruppenbild fürs Familienalbum; keiner scheint zu wissen, wie er da hineingeraten ist, in diese Marmorhalle, Mausoleum oder Krematorium, in diese Gesellschaft von Büßern, Sündern und Märtyrern, die sich verwundert geben, ratlos. Jeder posiert auf seine Weise, fügt sich den Anordnungen der unsichtbaren Regie, sie gibt Gesicht und Farben; Rot und Blau, Grün und Violett, viel Ocker, Farben im Spiel von Licht und Schatten, luce e ombra. Daran hat er sich immer gehalten, das will er auch diesmal nicht anders. Und auch wieder dieses Schweigen, in das alle getaucht sind, in dem das Atmen der Steine hörbar wird: Stille, größer als jeder Donner der Welt.
Er allein kniet, seitlich, das Blech hält ihn aufrecht, das eine sichtbare Auge blickt ins Leere, nur die Hände weisen auf das dickliche Kind, das, schlafend, beinahe vom Schoß der Mutter fällt, ein blondes Kind mit ocker leuchtender Haut, von

Schatten liebkost, mit einem roten Amulett auf der nackten Haut –

Jedes Bild ist wieder das erste Bild, immer neue Skizzen hat er gefertigt, auch wenn die Augen noch öfter flackern, die Striche und Linien verschwimmen, das Licht blendet.
Viel Zeit bleibt ihm nicht mehr, da hilft kein Händeauflegen und keine Pilgerfahrt. Seine Augen sind müde geworden. Öfter tastet die Hand nach dem Gesicht, will den Schleier durchdringen, der die Konturen verwischt, die Welt in Staub auflöst, hinter dem die Bilder nur Erinnerung sind.
Lange hat er gezögert, den Bitten des Fürsten ausgesetzt, er hat von seinen Augen gesprochen, dieses Flackern, das öfter sich einstellt. Doch der will sein Familienbild, jetzt besonders nach dem Tod der geliebten Fürstin, der treuen Gemahlin, der unvergleichlichen Landesmutter, der läßt nicht locker, will sein Mausoleum, seinen Ewigkeitstempel; und keiner kann dies schaffen wie der Maler aus dem Borgo. Das wird nicht so schlimm sein mit diesen Augen, und er hat ja Gehilfen, die werden ihm zur Hand gehen.

Er hat sich gewehrt und hat dann, mit einem Anflug von Heiterkeit, gelächelt, spitzbübisch, wie er es immer tut, wenn das eitle Gebaren dieser Hofleute ihn ärgert; jeder mimt den vollkommenen Hofmann und holt sich doch heimlich seine Schrammen in nächtlichen Liebesjagden; janusköpfig sind sie, und so müssen sie ins Bild, mit

Schrammen und Narben. Der Malatesta hat seine erste Gattin verstoßen, die zweite vergiftet, die dritte erwürgt und dann seiner Mätresse eine Kapelle geweiht. Und auch diesem Fürsten gehen Weiberschöße über alles. Er wird ihm sein Familienalbum malen, die Jungfrau und die Heiligen, den Herrscher als Krieger und Fürst, aber auch mit seiner persönlichen Geschichte, vielleicht mehr als ihm lieb sein wird, seine Taten im Feld und zwischen den Laken.

Wie wäre in den Zwängen des Auftrags die Freiheit der Darstellung zu finden?

Mit einem versehrten Auge kann er ihn nicht malen, nicht mit der Narbe, die in die Stirn schneidet, ein Kriegsinvalider macht keinen Hofmann, also ins Profil mit ihm und auf die Knie, auch wenn in dieser Stellung die Nase noch mächtiger und das Haar noch schütterer erscheint, besser mit Hakennase und Stirnglatze als mit Blindheit geschlagen. Wenn es wenigstens der Krieg gewesen wäre, das versehrte Auge Zeugnis für die Tapferkeit vor dem Feind, aber ein Liebeshändel ist kein Krieg, ein Seitensprung mit Folgen keine gewonnene Schlacht, ein Schürzenjäger kein edler Hofmann.

Der Maler kennt, wie alle bei Hof, diese Geschichte, die jeder ein wenig anders ausschmückt, über einen Fürsten, der schon nach wenigen Monaten Ehe wieder auf Liebesjagd nach einer edlen Schönen sich begab. Ob es wirklich ein hohler Eichenstamm war, in welchem die junge Frau sich ihm hingab, hätte der Maler gerne gewußt, ein Geheimgemach im Schloß scheint ihm eher wahrscheinlich, in Satin und Seide verströmt sich die fürstliche Liebeslust leichter als in hohlen Bäumen. Ob die Schöne sich dem liebestollen Fürsten später verweigerte, kann er nicht fragen. Genauso bleibt im Dunkeln, ob er, als er sie bei einem Turnier als Zuschauerin auf der Tribüne sah, seinen Helm wirklich mit einem Eichenzweig schmückte, um sie an die nächtliche Hingabe auf eichenharter Unterlage zu erinnern.

Aber gewiß ist, daß der Fürst das Visier seines Helmes offenließ, damit die Angebetete den in so viel Blech Getarnten als den Liebeshungrigen erkenne und ihn später für seine Tapferkeit entlohne. Und dieser Anflug von Übermut des Lustbegierigen ging buchstäblich ins Auge: eine Lanzenspitze zerschmetterte das fürstliche Nasenbein und verletzte das Auge und den Fürsten so sehr, daß aus dem kämpfenden Ritter ein sterbender Schürzenjäger wurde, der nicht um Lust und Liebe flehte, sondern mit dem Tode rang.

Der Maler lächelte.

Wie wäre die Geschichte zu erzählen, daß jeder sie ahnt und sie doch nicht ins fürstliche Auge, das eine noch unverehrte, geht? Der zerbeulte Helm wäre Zeugnis genug.

Also malt er den Helm zu Füßen des knienden Fürsten, nah am Bildrand, gegen den Betrachter gerichtet, der ihn wahrnimmt als zweites Gesicht des Fürsten, das Schaden genommen hat und unter den Beulen das versehrte Auge ahnen läßt, das dem Betrachter zublinzelt, verschwörerisch, wie das Licht, das vom Schulterpanzer in sein Auge springt, dreifach gespiegeltes Licht, das auch den Helm trifft, ein Spiegel, der mit seiner zerbeulten Fläche auch sein Spiegelbild deformiert: ein fürstlicher Büßer, im Glanz seiner Rüstung reuig kniend, ohne Blick für die Madonna, die auch Fürstin, gebeutelte Gattin, gehörnte Dulderin ist, Frauenleben, umgeben von der weiblichen Solidarität geschmückter Erzengel ...

Fürstliche Liebeshändel fürs Familienalbum nacherzählt. Das gefällt dem Maler.
Und die herbeizitierten Märtyrer beweisen Männernachsicht mit dem Versehrten, zeigen eigene Wunden, Franz öffnet, schnippisch beinahe, seine Kutte, hält den Leuchter gegen die lächelnde Wunde, Petrus tropft das Blut in die Stirn, Hieronimus schlägt mit dem Stein gegen die Brust: Wund-Solidarität unter Männern.
Und über diesen befleckten Sündern das Ei, das aus der Muschel fällt und auf den Schoß der Jungfrau weist.
Der Fürst zeigt sich empört, der Maler gibt sich unschuldig, verweist auf das Ei als Symbol der unbefleckten Empfängnis und als Emblem der Montefeltro: das Familienwappen über dem Familienbild, wer will da widersprechen?
Das besänftigt auch einen versehrten Fürsten, er nimmt hin, murrend zuerst, später darin geschmeichelt, ein reuiger Büßer unter Büßern zu sein und dennoch ein Krieger und Fürst und ein Mann obendrein.

Der Maler malt langsam, überläßt mehr als ihm lieb ist den Gehilfen. Und Fra Luca spricht ihm Mut zu. Sieht der Maler noch, daß da eine Hand mißlingt, eine fürstlich betende Hand? Oder ist er schon auf jener Reise, die seine letzte sein wird, nochmals über die sibillinischen Berge ans Meer, Senigallia, wo die Ufer seicht und sandig sind und er in der Kirche von Santa Maria delle Grazie die Jungfrau in den abgelegensten Ort verbannt, ein graues Zimmer, fern der Zeit und der Welt, von der nur schräg einfallende Sonnenstrahlen künden, gebündeltes Licht, in dem die Staubkörnchen tanzen, steigen und fallen, und jeder Gestalt ihren Platz zuweisen in der Tiefe des Raumes, als wäre es nur das Licht, das Leben verleiht.
Hat er hier noch einmal das schwindende Licht seiner Augen festgehalten, das einfällt ins Grau, das seine Müdigkeit ausmißt und die Welt ins Dunkel entrückt?
Manchmal wandelt er am Meer entlang, grüßt, mit leichtem Winken, die ausfahrenden Boote.

Später kehrt er in den Borgo zurück, verstaut Pinsel und Farben und ahnt, er wird sie nie mehr brauchen.
Er puppt sich ein, im Haus, im Ort. Manchmal dringen die Nachrichten auch hinaus in den Borgo. Vom Mord im Dom, hört er, der Medici während des Hochamtes erstochen, eine Verschwörung ohne Erfolg, die Rädelsführer werden gefaßt und, Kopf nach unten, am Palazzo aufgehängt. Die Leiche des Pazzi trieb tagelang im Fluß: giù per Arno

se ne va. Vespasiano, der seine Buchhandlung beim Bargello geräumt und Florenz verlassen hat, schreibt es mit Bedauern, die Welt ist nicht schon allein alt, schreibt er, sondern gebrechlich und neigt sich genauso ihrem Ende zu wie dieses Jahrhundert.

Der Maler nickt.

Und aus der Welt verschwinden die Menschen, Fra Folco, der kleine Mönch, ist den Schwarzen Blattern erlegen, der Meister Domenico ist tot, und der liebestolle Fra Filippo wurde von einem eifersüchtigen Ehegatten ermordet.

Er streckt die Hände aus nach den verschwimmenden Konturen vor den Augen, er lauscht auf die Geräusche, die von der Straße heraufklingen. Das schwindende Licht der Augen läßt ihn ahnen, wie das sein wird, wenn die Dinge ihr Gewicht verlieren und so leicht werden wie die tanzenden Staubpartikel in der Sonne.

12 Letzte Dinge

Nach meiner Rückkehr ins Dorf benachrichtigte ich den Jagdwarenhändler, er zeigte sich nicht überrascht und nicht erstaunt, eher schon erleichtert, daß das Mutmaßen ein Ende hatte. Die Art, wie er mir das Beileid aussprach, zeugte von Anteilnahme. Er bot mir seine Hilfe an, versprach alles zu tun, um den Professore in Würde und als einen der ihren zu beerdigen. Ich dankte ihm, bat ihn, doch dafür zu sorgen, daß sogenannte Kondolenzbesuche unterbleiben würden. Ich hatte keine Lust, die Hände mir fremder Leute zu schütteln, Beileidsbezeugungen entgegenzunehmen, Fragen zu beantworten oder zu irgendwelchen Gerüchten Stellung nehmen zu müssen. Mir war ohnehin, ich ginge außerhalb meiner selbst. Längst waren meine Gedanken an jenen Tag zurückgekehrt, als das Telefon geklingelt und man mir den tödlichen Unfall meines Sohnes gemeldet hatte. Schon am nächsten Tag war Lem eingetroffen.

Wie rasch sich die Nachricht vom Tod des Professore im Dorf verbreitet hatte, zeigte mir ein kurzer Gang zum Zeitungsstand. Menschen, Männer und Frauen, die ich zuvor nie gesehen hatte, blieben stehen und nickten mir stumm zu, einige näherten sich und schüttelten mir die Hand, so geriet ich unwillkürlich in jene Rolle, die ich hatte vermeiden wollen.

Es wäre sinnlos gewesen, sich dagegen aufzulehnen, die Leute hier hatten nun mal eine ganz andere Art, mit dem Tod umzugehen, als ich es aus meiner Gegend gewohnt war. Dazu gehörten die Todesanzeigen, die an öffentliche Plakatwände geklebt wurden. Es scheint müßig zu erwähnen, wie eigenartig es mich berührte, Lems Namen dort zu lesen. Für einen Augenblick hatte ich das Gefühl, das alles sei nicht wahr.
Ich öffnete dem Küster, der unter dem fortwährenden Murmeln von Entschuldigungen die Wohnung betrat, mit der Irritation eines ungläubig Staunenden. Er gab vor, in Vertretung des Pfarrers, der gleich benachrichtigt worden sei, zu kommen. Der Pfarrer selber, der wieder einmal auswärts sei, werde auch noch vorbeischauen. Der Küster erwähnte einige Details der bevorstehenden Bestattung, kam dann, nach einer Pause, nochmals auf Eufemia zu sprechen. Ihre verschwundene Tochter sei eben eine Freundin jener Frau gewesen, von der man gedacht habe, sie sei vielleicht eine Freundin des Professore. Deshalb habe er, hätten alle im Dorf befürchtet, auf diese Weise könnte auch der Professore mit jenen Kreisen in Berührung gekommen sein. Man habe ihn, da man, durch Eufemias Tochter, einiges gewußt habe, darauf aufmerksam machen wollen.
Ob es denn doch eine Frau im Leben des Professore gegeben habe, gerade er habe das doch energisch verneint?
Das wisse man eben nicht, man habe ihn nur einmal, unten am Kai, mit einer Frau gesehen, von der

die Eufemia später behauptet habe, sie sei eine Freundin ihrer Tochter. Aber die Eufemia behaupte oft Dinge, die sich als völlig aus der Luft gegriffen erwiesen, deshalb habe man, habe er, auch gezögert, dem Professore gegenüber davon zu reden. Aber man sei im Dorf besorgt gewesen, als der Professore so plötzlich verschwunden sei. Man wisse ja um die Gewalttätigkeiten heutzutage, in jenen Kreisen besonders, und habe befürchtet, der Professore könne Opfer geworden sein.
Das sei, fuhr ich dem Küster ins Wort, wie wir nun wüßten, nicht der Fall, das zumindest habe sich gezeigt.
Darüber sei er froh, fügte der Küster an, er habe nur erklären wollen, warum sie, er und der Jagdwarenhändler, und auch andere im Dorf, auf diese vielleicht merkwürdige Art reagiert hätten, damit ich, der Freund des Professore, nicht denke –
Darüber solle er sich, beruhigte ich den Küster, keine Sorgen machen, die Dinge hätten sich ja nun geklärt, und weitere Vermutungen wolle man, dem Professore zuliebe, nicht anstellen. Der Küster schien erleichtert, versprach nochmals, alles zu tun, was ihm möglich sei, den verehrten Professore in aller Würde zu bestatten. Er verabschiedete sich, indem er erneut seine Trauer ausdrückte.
Ich war sehr froh, daß gegen Abend Ottendorf eintraf. Ich hatte bei unseren Gängen durch die verschlungenen Wege der italienischen Bürokratie seine geschickte Art des Verhandelns, jene unumgängliche Mischung zwischen klarer Bestimmtheit, die nie arrogant, und familiärer Freundlich-

keit, die nie anbiedernd sein durfte, schätzen gelernt. Sie hatte uns viel erspart, ich selber hätte es kaum geschafft, den Toten aus dem Leichenschauhaus in ein ordentliches Grab zu bringen.
Ottendorf enthielt sich allen Spekulationen über den Verlauf der Ereignisse, er blieb nüchtern und sachlich, und das schätzte ich im Augenblick sehr. Er war auch zugegen, als am Abend, begleitet vom Küster, der Pfarrer eintraf. Auf diese Weise gelang es uns, mit wenig Aufwand, die notwendigen Dinge für den nächsten Tag zu regeln.
Wir saßen am Abend bei einem Glas Wein auf der Terrasse, unten am See bewegte sich eine Gruppe schwarzer Tänzerinnen zu afroamerikanischen Rhythmen.
Das sei ein Austauschprogramm, erklärte Ottendorf, denn auch mit dem Fidel Castro der letzten Tage würden die Beziehungen aufrechterhalten, obwohl sich im Regionalparlament Opposition bemerkbar mache, von den Neofaschisten, die man neuerdings Postfaschisten nenne, aber die Partei halte den kubanischen Genossen die Treue, vorläufig noch; ein kleiner Trost, fügte er an, am Ende dieses Jahrtausends, das mehr Utopien zu Grabe getragen habe als ein anderes zuvor.
Ich wies Ottendorf das Hinterzimmer zu, gab ihm Lems Manuskriptseiten mit, die weißen Blätter und die grauen Bogen, mit meinen dazwischengeschobenen Notizen, für den Fall, daß er lesen wolle.
Ottendorf knurrte etwas Unverständliches vor sich hin, er schien nicht gerade begierig darauf, sich als

Romanfigur zu begegnen. Er klemmte das Manuskript unter den Arm und verschwand im Hinterzimmer. Ich blieb noch eine Weile in der Küche sitzen, ließ die Bilder vorübergleiten, Lem der aufmüpfige Internatszögling, der mit seinen Sprüchen so oft die Leute vor den Kopf gestoßen hatte, sich selbstsicher geben konnte, und der doch, sobald man mit ihm allein war, scheu wirkte, unsicher. Eine Kleinigkeit, eine beiläufig hingeworfene Bemerkung, mit der er nicht mal persönlich gemeint war, konnte ihn verletzen. Manchmal weiß ich nicht, wie ich leben soll, um nicht ins Stolpern zu geraten, sagte er, man bräuchte eine zweite Haut, die all das von uns abhält, was trifft und schmerzt.
Wieder tauchten in dieser Nacht die Bilder jener Wochen auf, in denen Lem mit mir unzählige Male jenen Weg zu einem Grab gegangen war, das ich nicht wahrhaben wollte.

Ich atmete auf, als der Morgen graute und Ottendorf mich mit seinen Reden von meinem Grübeln ablenkte.
Gemeinsam machten wir uns auf den Weg.
In kleinen Gruppen trippelten die Leute aus dem Dorf schon lange vor dem Gottesdienst durch die engen Gassen zur Kirche hinauf.
Hatte Lem das ahnen können? Wäre es ihm peinlich gewesen?
Fast immer hatte er Rituale, und Beerdigungen besonders, mit einer gewissen Ironie geschildert.
Nach dem kurzen Gottesdienst schlossen sich die Leute aus dem Dorf dem Zug an, der hinter den

Sargträgern, zu denen der Jagdwarenhändler und der Küster gehörten, sich bildete; Schulkinder in Sonntagsanzügen, Männer, Frauen, jede Altersgruppe schien vertreten. Lem mochte die wenigsten von ihnen gekannt haben; immer wieder hatte er erwähnt, wie sehr er, trotz der Kleinheit des Dorfes, für sich sei, akzeptiert, aber nicht eingebunden. Die meisten Menschen, die nun an seinem Begräbnis teilnahmen, dürften ihn wohl nur vom Sehen gekannt, kaum jemand dürfte eines seiner Bücher gelesen haben.

Was verband diese Menschen mit dem fremden Professore?

Ottendorf hielt sich eng an meiner Seite, immer wieder mußten wir fremde Hände schütteln.

Wir erreichten nach kurzem Marsch den Friedhof. Die Träger setzten den Sarg neben dem ausgehobenen Grab ab, der Totengräber legte die Seile zurecht. Auf das Zeichen des Pfarrers wurde der Sarg leicht gehoben und langsam in die Grube gesenkt. Dann das Übliche: die Brocken Erde, die in die Grube geworfen wurden, die Blumen – Lem hat das oft beschrieben. Nicht schon wieder eine Beerdigung, habe ich ihn mehr als einmal beim Lesen eines seiner Manuskripte gebeten. Du wiederholst dich, sagte ich ihm. Man kreist immer wieder um die gleichen Motive, sagte er, kehrt, ohne es zu beabsichtigen, im Wiederholungszwang zu ihnen zurück, wie der Täter an den Ort seiner Tat, wühlt die zugeworfene Erde wieder um, wühlt und wühlt, einem Archäologen gleich, um zu suchen, was möglicherweise vergessen blieb, und manch-

mal kommt man beim Bergen der Fundstücke, wie der Historiker in seiner Arbeit auch, einem Betrug auf die Spur, und das könnte ein Augenblick der Einsicht sein, der Wahrheit vielleicht. Ihr hätte man sich, auch wenn sie schmerzlich ist, zu stellen, ob als einzelner oder als Gemeinschaft, nur so finden wir zu uns selbst, gewinnen wir Gegenwart.
Er strich, wenn ich ihn auf eine Wiederholung aufmerksam machte, mal eine Beerdigung, mal einen Kneipenbesuch, mal das Gespräch von Liebenden und, was ich öfter veranlaßte, seine manchmal unerträglich langen Bettszenen. Er kehrte irgendwann doch wieder zu seinen Motiven zurück, als gelte es Unerledigtes wieder aufzugreifen, um es noch genauer zu wissen. Schreiben dreht sich, wie das Leben selbst, nur um wenige Dinge, vielleicht nur um zwei, Liebe und Tod.
Und auch diese Beerdigung hätte man als ewige Wiederholung sehen können, und doch auch wieder nicht, denn ungewöhnlich im Verlauf des Gewohnten schienen mir die Gesichter der Dorfbewohner, an denen, mir unerklärlich, wirklich Betroffenheit abzulesen war.

Es dauerte, bis jeder der anwesenden Dorfbewohner vor dem aufgeworfenen Erdloch gestanden und seine Blumen auf den Sarg geworfen hatte. Mir gab es Gelegenheit, jeden einzelnen der Trauergäste in Augenschein zu nehmen. Natürlich hätte es mich interessiert, welche der Frauen Lem gekannt oder gar geliebt hatte. Nichts hätte mich bewegen können, sie anzusprechen. Ottendorf und ich verharrten, zusammen mit Pfarrer, Küster und Jagdwarenhändler, bis die letzten Trauergäste, unter ihnen eine alte Frau, die ungewöhnlich lange vor der Grube stand, sich langsam davon machten. Wir sahen zu, wie der Totengräber die Erde auf den Sarg schaufelte, das Holzkreuz einschlug und die Blumen anordnete.

Mit dem Pfarrer verabschiedete sich auch der Küster. Ottendorf gelang es, auch den Jagdwarenhändler zum Gehen zu bewegen, indem er ihm die Zusicherung wiederholte, bei seinem Bekannten den Grabstein in Auftrag geben zu können.
Ottendorf und ich blieben vor dem Grab stehen, erleichtert, aber auch ratlos.
Nach einer Weile wortlosen Verharrens wendeten auch wir uns ab, schritten den Hügel hinunter und kehrten am See entlang ins Dorf zurück. Er habe in der Nacht noch gelesen, sagte Ottendorf. Gewiß habe er in der Romanfigur Züge von sich selber entdeckt, habe Gespräche wiedergefunden, Themen, die er mit Lem diskutiert habe, aber ebensovieles, was ihm fremd und unverständlich sei.
Er sei erleichtert, gestand Ottendorf, denn er fühle sich in dieser Romanfigur überhaupt nicht portraitiert, und er sehe in ihr auch nicht Lem. Wenn man, und Ottendorf sprach nun zögernd, als aufgeklärter und kritisch denkender Mensch weder an Orakelsprüche aus Grotten noch an Propheten glauben will, weder an Heilige noch an Dämonen, spräche uns das frei von der Aufgabe, manchmal innezuhalten, hinzuhören und aufzunehmen, was

uns erreicht, an Stimmen und Tönen? Sei es, sie stammen aus einem längst vergessenen Buch, einem vor langer Zeit gemalten Bild, einem Gespräch oder einer Erinnerung? Wenn uns das gelänge, wir würden nicht besser und nicht edler, nicht reiner und nicht schuldloser werden, aber ein wenig langsamer, ein wenig behutsamer vielleicht. Und wo wäre das wieder zu lernen, wenn nicht im Verweilen vor Bildern, im geduldigen Lesen einer Landschaft, eines Gesichtes oder eines Verses?

Ottendorf ließ die Frage in die Stille ausklingen.

Damals im Florenz Pieros, fuhr er fort, als man sich um Bücher riß, begann die Passion des Lesens, und heute, gegen Ende dieses Jahrhunderts, scheint es nicht unwichtig, an diese Anfänge zu erinnern und das Lesen wieder zu lernen, denn nirgends sind wir so sehr bei uns wie im Lesen und Schreiben, nur die Sprache kann das Entfernte, das nur Gedachte und Geträumte uns nahebringen und mit dem verbinden, was uns aus der Gegenwart erreicht; lesend übersetzen wir Gegenwärtiges in Zeichen, gewinnen wir aus Zeichen Gegenwart.

Schön gesagt, warf ich abwesend ein.

Gut geklaut, schmunzelte Ottendorf.

Er machte einige Schritte, blieb vor mir stehen.

Wenn man das alles zusammenlese, könnte man sogar das Gefühl bekommen, auch Lem selber sei nur eine Erfindung gewesen. Und als solche dürfte er verschwunden bleiben, brauchte nicht mehr aufzutauchen, weder tot noch lebendig.

Lassen wir die Spekulationen, sagte ich unwillig.

Doch Ottendorf ließ sich nicht beirren. Alles Dargestellte ist Spiegel und Spiegelung, sagte er, auch Piero hat sich immer wieder in Gestalten gespiegelt, zuletzt als toter oder scheintoter Grabwächter, in plumper Leiblichkeit, mit breitem Kopf und hüpfendem Adamsapfel, ein mit viel Ironie gefertigtes Selbstbildnis: der Künstler als scheintoter Grabwächter. Ein schönes Sinnbild, wie es nur einer gestalten konnte, der die Dinge des Lebens mit Leichtigkeit anging.
Ich hörte Ottendorf schon längst nicht mehr zu.

Ich gab ihm einen Schlüssel zur Wohnung, er versprach, sich um alle möglicherweise noch auftauchenden Formalitäten zu kümmern und mich allenfalls zu benachrichtigen.
Ich begleitete ihn zur Bushaltestelle auf dem Dorfplatz. Die Alten saßen auf den Stühlen vor der Bar. Sie winkten uns zu. Der helle Klang der Turmuhr schlug sechs. Ottendorf stand noch eine Weile am Fenster des blauen Pullman, der dreimal am Tag nach Perugia fährt. Kurz bevor der Bus losfuhr, lehnte sich Ottendorf noch einmal hinaus, so wie ich ihn damals zum ersten Mal im Fenster seiner Wohnung in den sibillinischen Bergen gesehen hatte, aber diesmal sprach er kein Wort, und auf seinem Gesicht war nicht jenes Lachen zu bemerken, das ich damals als ein spöttisches gedeutet hatte. Er wirkte ernst, wie jemand, der zu einer wichtigen Verabredung fährt und noch nicht weiß, wie sie ausgehen wird.

Ich kehrte in die Wohnung zurück, schritt unschlüssig durch die Räume, wischte Staub von einem Möbelstück, rückte einen Stuhl beiseite, schob Schuhe zusammen, angelte mit dem Besen eine Spinne aus dem Fensterkreuz, ich fing dies und jenes an und führte nichts zu Ende.
Ich öffnete einen der Schränke, betrachtete einen Augenblick die Kleider, Hemden, in denen ich Lem gesehen hatte, Jacketts und Hosen, er besaß nicht viel, aber er zeigte sich wählerisch in dem wenigen, das er sich anschaffte.
Hastig schlug ich die Schranktür zu. Auf dem Brett über dem Bett lagen Bleistifte, Notizzettel, Bücher, ein Radiowecker mit Leuchtziffern, die Weckzeit von 7.55 Uhr war eingegeben –

Es war mir nicht möglich, in irgendeinem der Zimmer damit zu beginnen, Sachen beiseite zu räumen. Ich würde zunächst alles so liegen lassen, wie es war, später einmal würde ich all das sichten, mich an den Schreibtisch setzen und die Gedanken weiterführen.
Ich begann am Arbeitstisch in dem Buch zu blättern, das in chronologischer Reihenfolge alle Werke des Malers Piero della Francesca enthielt. Neben jedem Bild stand ein kurzer Kommentar über die mutmaßliche Entstehungszeit, die Motive und den Standort des Bildes.
Ich beugte mich über die Bilder, fand die Einzelheiten, die er erwähnt hatte: das aufgeschlitzte Kleid der Madonna, die rote Toga des dritten Mannes, Pieros Selbstportrait als schlafender Grab-

wächter, das Bild zeigte, wie Ottendorf ausgeführt hatte, eine Zweiteilung Leben und Tod, selbst in der Landschaft, nackte Baumstrünke, kahle Erde auf der einen, grünende Sträucher und Bäume auf der anderen Seite. Piero selbst hatte sich auf der Seite der Toten gemalt, der Ahnungslosen, Schlafenden oder gar Erlösten. Mir gefiel Ottendorfs Gedanke, Lem sei nur eine Erfindung gewesen, denn nur in Büchern konnte einer verschwinden und brauchte nicht wieder zu erscheinen. Und seine Beerdigung wäre nur eine Möglichkeit, eine von vielen.

Wieder blickte ich auf das Celangedicht »Assisi« an der Wand, das von je einem Portrait von Franz und von Jacopone flankiert war.
Ich packte meine Sachen in die Tasche, nahm das Manuskriptbündel an mich und verstaute es. Dieses Skript wäre Lems letztes und mein erstes Buch: als hätten wir zuletzt doch noch die Rollen getauscht.

Morgen würde ich zurückfahren.
Ich trat vor die Tür, der Tag war noch warm. Ich ging hinunter zum See, setzte mich auf die Ufermauer.
Ich saß, in Gedanken versunken, am See, in die Dämmerung, in die Nacht hinein, als säße ich noch eine Weile neben Lem.
Um was bäte er mich?

Das gestaute Licht

Er sitzt am Fenster, und draußen ist die Stadt, das Rauschen über den Dächern, das Scheppern der Räder auf dem Kopfsteinpflaster, die Gerüche des Sommers, die durchs Fenster dringen, von einem Leben künden, das er nicht mehr teilt.
Die Blicke seiner Augen gehen ins Leere.
Manchmal hebt er den Kopf, lauscht, rückt näher ans Fenster, verharrt im Licht, ein Flimmern, hell und blendend, er ahnt die Formen und Farben, das Helle und das Dunkle, die Bilder, die nur noch in ihm selber sind.
Er lehnt sich zurück, ist wieder drin in diesem Zimmer, in seine Müdigkeit zurückgebogen, aufgelaufen und still geworden.
Und draußen ist die Stadt und Welt, die ihm fern ist wie dem Vespasiano, der aus Antella schreibt, wo er Drosseln jagt, Bäume schneidet und seinen Rebberg bestellt, sich den Lukrez und den Tibull nochmals vornimmt, mit dem Schlachter Karten spielt und die Lebensbeschreibungen großer Männer seiner Zeit verfaßt, um das Heute zu vergessen und das Gestern zu bewahren. Auch wenn ich kein Plutarch bin, folge ich seinem Beispiel, schreibt er, Florenz, und mit ihm die Welt, ist fern gerückt, ich langweile mich nicht; in meiner Schreibstube entsteht eine andere Welt, ohne Perückenputz und Herreneitelkeit. Im Verborgenen leben, wie ich es mir schon vor Jahren erträumt, die einzige Ant-

wort auf diese lärmige Zeit. Der Maler lächelt, während der Marco den Brief vorliest.
Ihn hat keine Pazziverschwörung vertrieben, das vor den Augen gestaute Licht hat ihn aus der Welt genommen. Er schreibt nicht mehr und malt nicht mehr.
Manchmal, an sonnigen Tagen, tritt er durch das schwere Tor hinaus auf die Straße, verharrt einen Augenblick, hält die Hand vor die Augen, in denen das Licht schmerzt und flackert und die Konturen auflöst, Schatten.
Die Frauen bleiben stehen, stellen ihre Körbe auf den Boden und grüßen den Meister.
Er nickt stumm, hebt leicht den Arm.
Der kleine Marco hakt ihn unter.
Mit langsamen Schritten schlurfen sie die schattige Straße hinunter zum Markt auf der Piazza. Seine Hände gleiten tastend über die Früchte, greifen sich diese und jene heraus und legen sie in die offenen Hände der Frau. Sie kennt den Meister, führt seine Hand zu den schönsten Früchten.
Er reicht dem Marco den Beutel, damit er die Münzen herausklaube. Dann gehen sie weiter.
Mit stummem Nicken erwidert der Maler die Grüße, schüttelt da und dort eine Hand.
Oft tritt einer der Mönche hinzu, wenn Marco mit dem Maler durch das Portal der Domkirche tritt. Sie nehmen den Meister in ihre Mitte und führen ihn in die Kapelle, wo sein Altarbild steht. Meist verweilt er schweigend davor, als erwarte er selber die Taufe, die er hier gemalt hat. Manchmal berühren seine Fingerkuppen sachte das bemalte Holz,

als führe er noch einmal den Pinsel, streift dem Jüngling sein Hemd über den Kopf und läßt die Engel tanzen, als hörten sie eine ferne Musik, die nur Menschen an der Schwelle des Lebens vernehmen.
Später gehen sie durchs Stadttor hinaus über die Felder, in denen der Färberwaid hoch steht, mit kräftigen Rispen gelber Blüten. Der Maler umfaßt die ersten Schötchen, die sich bilden.
Er hat dieses Blau geliebt wie keine Farbe sonst, teurer war es ihm als ein Purpur oder Ultramarin, es öffnet sich dem Licht.

Abschüssig ist der Weg zum Friedhof hinauf, seine Schuhe schleifen durch den Staub, stoßen sich an den rohen Steinen. Der Marco hält ihn bei der Hand, stützt seinen Oberarm.
Langsam schreiten sie die Gräber ab.
Der Maler blickt in die Sonne, die über die Hügel kommt, die Hänge in das erdfarben lichte Braun taucht, jenes Terra d'ombra, das er als Farbton für seine Landschaften so gern verwendet hat. Manchmal führt ihn Fra Luca hinauf zu den Franziskanern im Eremo von Montecasale, wo nur Stille ist und Vergessen, als gäbe es keine Welt. Aber lang ist der Weg und steil, beschwerlich für einen alten Maler mit getrübtem Augenlicht.
Mit der anbrechenden Dämmerung kehren sie in die Stadt zurück. Er gibt dem Marco seine Münze, schickt ihn nach Hause.
Er findet sich schon zurecht. Und bald kommt die Angelica, das Abendessen zu richten.

Er setzt sich ans Fenster, lauscht den Geräuschen, die heraufklingen, das Rasseln von Ketten, das Hufgetrappel von Pferden, manchmal ein Schrei, dann wieder Stille; ein kühler Luftzug von draußen schreckt seine müden Glieder.

Gehen so die Jahre hin?
Mit dem Sitzen am Fenster? Dem Lauschen auf die Geräusche? Dem Scheppern der Eimer aus den Hinterhöfen? Den Stimmen? Den Klängen?
Und manchmal Besuche. Schüler, die den Meister besuchen. Der Melozzo aus Forli, der Signorelli oder der Pietro, der ist ihm der liebste, der Vanucci, erzählt von Perusiner Tagen.
Schmeichelt es ihm, daß sie in seinen Spuren wandeln, weiterführen, was er begonnen?
Er hört ihnen zu, freut sich über ihr Gelingen, der Signorelli hat Aufträge in Rimini, der Vanucci malt in Loreto, sehr begehrt sind sie, die in seinen Spuren weitergehen, nicht, das Andere, das Neue ist gefragt. Weil er darüber nicht reden will, schweigt der Meister; er gibt selten einen Rat, und wenn, dann so brummig wie einst Domenico.

Träumt er manchmal Konstantins Traum? Beugt er sich nochmals über den sterbenden Adam? Blickt der Königin von Saba über die Schulter, meditiert mit dem Hieronimus unter den Bäumen an den Ufern des Tiber?
Längst hat er bei Ser Marios Notar sein Testament schreiben lassen. Er wird nicht als armer Mann sterben, hinterläßt seinen Verwandten Häuser und

Felder, zwei davon hat er für sein Altarbild im Borgo bekommen. Er hat das erreicht, wonach die Menschen seiner Zeit streben, ein Werk, das aus Bildern besteht, die enthalten, was er suchte, sie haben ihm Ansehen und Geld eingebracht. Warum soll er nicht stolz sein?

Und die Welt, kümmert ihn die noch?

Man erzählt ihm noch von der Fahrt des Genuesers nach der anderen Welt, die sie die neue nennen. Von seiner Ankunft im neuen Indien hört er nichts mehr. Da ist er schon tot.

Am 12. Oktober wird er ins Libro dei Morti der Bruderschaft von San Bartolomeo eingeschrieben: M. Piero di Benedetto de' Franceschi famoso pictore à di 12 ottobre; sepolto in badia. Am Grab stehen die Enkel, die Freunde, die Schüler, der Vanucci und der Signorelli. Der geöffnete Mund der Schwester bleibt stumm. Der Freund, Fra Luca Pacioli, spricht ein paar Worte, bemüht die göttliche Komödie, die der Meister so geliebt, spricht von der Vergänglichkeit alles Irdischen, das zerrinnt wie ein Traumgesicht, das schmilzt wie der Schnee in der Sonne, zerstiebt wie im Wind die Blätter mit den Worten der Sibylle.

Und er spricht vom Licht, das dieser Maler nicht selber war, von dem er aber malend zeugte. Im Licht und im Wort war sein Leben, und dieses Malerleben war das Licht der Menschen. Vor dem Licht und dem Schattenspiel dieser Bilder, sagt Fra Luca, stehen wir ganz versunken, gebannt und unbeweglich, und vom Schauen trunken:

Così la mente mia, tutta sospesa,
mirava fissa, immobile e attenta,
sempre di mirar faciesi accesa.

Hätte er gelächelt bei diesen Worten?